냉장고와 넷플릭스

냉장고와 넷플릭스

홍지우

orror

Refrigerator & Netflix

냉장고와 넷플릭스

〔 **1** 〕

　냉장고의 문을 열자 안에 여성 한 분이 갇혀 있었습니다. 살아 있는 사람은 아니었습니다. 만약 살아 있는 사람이었다면 내장이 빠져나온 채로, 그렇게나 무표정한 얼굴로 앉아만 있지는 않았겠지요.

　시체도 아니었습니다. 어쩌다 죽은 사람이 냉장고에서 발견이 되었다면 집주인 아저씨가 아무렇지도 않게 냉장고를 가리키면서 좋은 물건 아니냐고 저에게 친근한 척을 하지도 않았을 테니까요.

　냉장고 안에 갇힌 여성은 저에게만 보이는 것을 감안했을 때 유령이 분명했습니다. 아무래도 호상이라고 하기는 어려운 죽음을 겪은 유령이었겠지요.

"냉장고가 텅 비었지? 이 집에 살던 아가씨가 야반 도주를 했어. 남자친구였나 직장이었나 뭐, 여하튼 뭐가 잘 맞지 않았던 것 같아. 짐도 다 그대로 놔둔 채로 도망을 쳐서 가구가 이렇게나 남았어. 그런데 그 바쁜 와중에도 냉장고는 아주 말끔히 비워놓고 갔더라고."

제가 이 집을 보러 온다고 했을 때, 그러니까 에덴 아파트에 빈집이 없냐고 물었을 때 어쩐지 부동산에서 엄청 반기더라 싶었는데 역시 무슨 사연이 있는 집이더군요. 살인사건에 대한 이야기는 없는 것으로 보아 냉장고 안에 갇힌 여성의 시신은 아마 남몰래 처분이 되었겠지 싶었습니다.

"제가 들어오기 전에 가구는 처분되겠지요?"

"이 아가씨네 가족들이 나더러 알아서 치우라고 하더라고. 이거 치우는 것도 다 돈이니 나만 막막하게 되었지."

"제가 이대로 써도 됩니까?"

"쓰게? 써, 써. 막말로 내가 내다 팔기라도 해야 하나 싶었는데 그러면 되겠네."

저는 고개를 끄덕이고는 부엌을 나서 다른 방을 봤습니다. 냉장고 안에 갇힌 여성이 이 집의 원래 거주자인지 아니면 원래 거주자가 죽인 사람인지 궁금했기 때문입니다. 벽에 붙은 사진을 보아하니 냉장고 안에 갇힌 여성은 이 집의 거주자가 맞더군요.

다행이라고 생각했습니다. 저는 굳이 귀신 들린 집에서 살아야만 한다면 인테리어 감각이 있는 사람이 죽인 귀신보다는, 인테리어 감각이 있는 귀신과 사는 편이길 바랐기 때문입니다.

냉장고 안에 갇힌 여성이 가꾼 이 가난한 둥지는 감히 저라는 굴러들어온 돌이 차지하기 민망할 정도로 공들인 공간이었습니다. 한정된 예산을 가진 사람이 오랜 고민과 탐색을 반복해서 어떻게든 최선의 결과물을 꾸며냈음을 저 같은 문외한조차 알 수 있었지요.

꽃무늬 벽지에 노란 장판 그리고 때가 가득 탄 커튼 같은 불경한 물건들은 이 성소에서는 찾을 수 없었습니다. 연한 톤의 벽지는 가격을 감안했음은 분명하지만 그래도 깊은 고심이 느껴졌습니다. 반면 바닥재는 어떠한 타협도 없이 이 낡고 허름한 아파트에는 과분할 정도의 상등품이었고요.

대신 조명은 과욕을 접고 적당한 브랜드도 아닌 물건을 감각적으로 놓는 것으로 승부를 보았더군요. 부엌에도 시트지를 강박증이 의심될 정도로 깔끔하게 붙여놓아 싼 티를 숨겼고요.

TV 없이 서재만 남긴 거실. 낡았지만 배색이 좋고 또 포근한 느낌이 드는 러그. 아마도 냉장고 안에 갇히기 전까지는 꾸준하고 세심하게 관리가 되었을 커튼. 그 집은 누군가의 고민과 실험정신이 존경심이 들 정도로 담긴 공간이었습니다.

"계약하고 싶습니다."

"거 젊은 친구가 왔으니까 도배라도 영-한 감각으로다 새로 해줄게. 바닥은 이전 아가씨가 잘해놨으니 됐고. 괜찮지?"

저는 혹시나 싶어 냉장고를 열었습니다. 냉장고 안에 갇힌 여성은 저와 집주인을 노려보고 있었습니다.

저주할 거야⋯.

아무렴 그렇겠지요.

"도배는 지금 이대로도 괜찮습니다."

"그래? 진짜?"

"네. 그편이 좋습니다."

저주 취소⋯.

"말씀 감사합니다."

이렇게 저는 냉장고 안에 갇힌 여성, 귀자 씨와의 동거를 시작하게 되었습니다.

〔 **2** 〕

저주할 거야…

"늦어서 미안해요. 지금부터 준비할게요."

저는 현관문을 닫자마자 거실의 불을 켰습니다. 다음으로는 거실에 갈색 봉투를 놓은 뒤 화장실에 들어가 손을 씻고서 방에 들어가 낡은 셔츠에 편한 바지로 갈아입었고요. 귀자 씨는 냉장고 안에 앉아 저를 노려보는 것으로 더 부산스레 움직이라 재촉했습니다.

귀자 씨 덕분에 저는 이 집에 이사를 오며 새로 가구를 하거나 가전을 맞추지는 않았습니다. 단 하나, 냉장고만은 제외하고요. 귀자 씨가 들어간 냉장고에 제가 식재료를 사서 집어넣는 것은 아무래도 예의가 아니겠다는 생각 때문이었습니다.

새로 산 냉장고가 부엌을 차지했으니 귀자 씨가 들어가 계신 냉장고는 거실로 옮겨야 했습니다. 부엌 하나에 냉장고를 두 대나 놓기에는 집이 좁은 편이었거든요. 그러고는 전원을 연결하지 않은 채 문을 열어놓아 귀자 씨가 심심하시지 않도록 이런저런 안배를 해놓았습니다.

지각이야….

"취해서 들어오신 손님 한 분이 주무시는 걸 깨워서 댁에 보내드려야만 했어요. 다음에는 마감을 좀 더 일찍 할게요."

제 변명에도 불구하고 귀자 씨는 저를 노려보는 걸 멈추지 않으셨습니다. 저는 민망해서 변명을 멈추고는 동작을 좀 더 서둘렀습니다. 거실에 놓인 냉장고 앞의 빈백에 몸을 기대고는 거치대에 올려진 11인치 아이패드의 전원을 켰지요.

로그인. 넷플릭스 실행. 계정 접속. 그러고는 TV 드라마 〈타이요노우타〉에 새로운 에피소드가 추가되었음을 확인. 손가락을 눌러 재생을 했습니다.

저녁은?

"가게 샌드위치에 맥주요."

저는 거실에 놓인 갈색 봉투에서 샌드위치와 맥주를 꺼내 귀자 씨에게 들어 보였습니다. 그러자 귀자 씨의 귀기가 어린 얼굴에 독기마저 더해졌고요. 저는 부랴부랴 봉투에서 미처 꺼내지 못한 물건을 꺼냈습니다.

"그리고 바닐라 향 아로마 캔들."

좋아.

하마터면 또 저주를 받을 뻔했지 뭡니까. 저는 향에 불을 붙이고는 귀자 씨의 영혼을 위로하였습니다. 귀자 씨는 곧 독기가 가신, 귀기만 어린 표정으로 돌아와 저와 함께 아이패드의 스크린을 바라보았습니다. 드라마의 오프닝이 시작되었으니까요.

다른 집이 어떨지는 모르겠지만 저와 귀자 씨 두 사람, 아니 사람 하나와 귀신 하나의 동거생활은 언제나 이런 분위기입니다. 귀보동 사람들은 대부분 동거라기보다는 TV 드라마에 미친 귀신이 들린 집에서의 생활이라 표현하기는 합니다만, 저는 만족하고 있습니다.

〔 **3** 〕

　귀보동은 '귀신을 보는 사람들의 동아리'의 약자입
니다. 이렇게 설명을 하면 꼭 이상한 사람처럼 쳐다보
는데 귀신을 보는 사람이면 이상한 사람이 맞으니 반
박하기도 어렵습니다.

　귀신을 보는 사람이라고는 해도 그 방법은 제각각
입니다. 저는 목소리로 귀신과 사람을 구분합니다. 반
면 귀보동 회장님은 냄새로 구분하시고요. 그래서 악
취가 나는 사람 때문에 봉변을 겪은 적도 있다고 하시
더군요. 그 외에도 다들 자기만의 방식을 갖고 있습
니다.

　하지만 다른 귀보동 사람들과 달리 저는 악령은 자

주 보지 못하는 편입니다. 회장님의 설명에 따르면 귀신들마다 주파수가 다른데 제가 접할 수 있는 주파수는 안전한 신호들 위주라는 것입니다.

"그러니까 인동 씨는 EBS 교육방송만 수신되는 TV 같은 사람인 겁니다."

"제가 보는 귀신들은 수능 강사라도 할 법한 귀신들이라는 말씀인가요?"

"그보다는 〈생방송 톡!톡! 보니하니〉에 가깝습니다."

덕분에 저는 누군가를 증오하고 미워하는 귀신보다는 누군가를 그리워하고 기다리는 귀신들을 더 자주 만났습니다. 스트레스를 많이 받으면 EBS보다 더 폭력적이고 자극적인 채널을 수신하게 되지만 아직까지 그런 경험은 적습니다.

에덴아파트에 입주하게 된 계기는 저의 이런 체질 덕분입니다. 근처에 카페를 개장해서 집을 물색하던 와중 귀보동 단톡방에서 이 아파트를 추천받았던 것입니다. 이 아파트는 찐이지만 그래도 저라면 별 탈 없이 지낼지도 모른다는 이유였지요. 만약의 경우 무슨 일이 생기면 뒤도 돌아보지 말고 도망치라는 조언과 함께 말입니다.

이제 와 생각해보면 그 조언은 모두 적확했지 싶습

니다. 이사를 마치고 일주일이 지나 귀보동 사람들을 집들이에 초대했을 때 고작 아파트 입구에서 2동까지 오는 사이에 이미 회원 다섯 명이 오한에 떨었고 두 명이 기절하였으며 한 명이 빙의되는 대참사가 일어났으니까요.

〔 **4** 〕

집중 안 하냐.

"아야."

저라고 이 에덴아파트의 저주에서 완전히 자유로웠
던 것은 아닙니다. 방금도 화면에 집중하지 않았다는
이유로 귀자 씨에게 뒤통수를 맞았으니까요. 회장님의
설명에 따르면 귀자 씨는 〈보니하니〉 출연진 같은 분
이어야 했지만, 주먹 사용에는 거침이 없었습니다.

저는 다시 집중해서 화면을 바라보았습니다. 과연
드라마에서는 지금 주인공인 라나 선장이 구치소에서
빠져나와 쿠데타를 제압하러 출발하는 장면이 나오
고 있었습니다. 귀자 씨는 저희가 보고 있는 이 드라마

〈타이요노우타〉에서 라나 선장을 가장 좋아하기에 이 인물이 활약하는 순간에 딴눈을 파는 것을 용납하지 않습니다.

〈타이요노우타〉는 저와 귀자 씨 둘이 가장 좋아하는 드라마입니다. 제목은 일본어로 되어 있지만 제작은 미국에서 진행된 작품입니다. 이 드라마는 지금으로부터 100년가량 이후의 근미래에서 우주 개척을 위해 태양계를 항해하는 탐험선 타이요호를 배경으로 합니다. 다인종으로 구성된 여성 인물들이 중심이 되어 또 이목을 끌기도 하였지요.

"정말로 라나 선장이 어슐러 제독의 쿠데타를 진압할 거라 생각하세요?"

당연.

"쿠데타야 진압이 되겠지요. 하지만 라나 선장이 위험에 처했을 때 나인 보좌관이 언니를 구하러 돌아오는 편이 더 설득력이 있는 반전이지 않겠냐는 거죠."

나인은 실패해서 라나가 구해주게 되겠지.

"라나 선장이 쿠데타를 해결하는 것으로도 모자라서 동생까지 구할 거라고요?"

라나잖아.

이 드라마의 장점은 너무나 재밌다는 것입니다. 단

점도 너무나 재밌다는 것입니다. 귀자 씨가 이렇게 냉장고 안에 갇힌 유령이 된 것은 〈타이요노우타〉의 마지막 시즌을 다 봐야만 성불을 할 수 있겠다는 집착 때문이었지요.

저는 귀자 씨의 결정을 이해합니다. 아무리 그래도 시즌 2의 파이널 에피소드에서는 제작진이 좀 심했어요. 라나와 나인이 결국에는 화해해서 외계 고대 유적의 가디언들을 물리쳤지만 어슐러 제독이 갑자기 돌변하여 쿠데타를 일으키고는 라나를 구금해버리는 충격적인 반전만 던지고 시즌 2의 끝을 맺었으니 다음 시즌을 기다릴 수밖에 없었거든요.

드라마의 피날레는 결국 시즌 3로 결정이 났습니다. 한 시즌에 에피소드는 12편이니 한 주에 한 에피소드라 계산하면 방영 기간은 얼추 석 달이 되는 셈이었지요. 현재 귀자 씨와 같이 본 에피소드는 벌써 7화째. 저희의 동거생활도 한 달 정도만이 남았습니다.

〔 **5** 〕

저희가 처음부터 드라마를 같이 봤던 것은 아닙니
다. 이사를 온 첫날에는 제가 귀자 씨에게 자기소개를
한 뒤 도울 것이 있느냐 여쭈었을 때 귀자 씨가 〈타이요
노우타〉 피날레 시즌만 보고 성불할 예정이니 아이패
드를 빌려달라 요청한 정도가 대화의 전부였으니까요.

"인동 씨. 발효와 부패에는 어떤 차이가 있는지 아십
니까?"
"모릅니다."
"인간에게 이로우면 발효. 이로울 게 없으면 부패입
니다."

당시에 저는 귀자 씨에게 아이패드를 건네드린 뒤 과연 제가 일을 잘 처리하고 있는 것인지 의문이 들었습니다. 그래서 귀보동 회장님에게 전화를 걸어 이 상황에 대한 상담을 부탁드렸습니다. 그때 귀보동 회장님이 해주셨던 조언이 바로 '발효와 부패' 비유입니다.

"영(靈)도 마찬가지입니다. 사람이 죽으면 대부분의 경우 바로 승천을 하지만 가끔 현세에 미련이 남아 그렇지 못하는 영혼들이 있습니다. 이들의 집착은 묵으면 묵을수록 더 큰 영력을 낳습니다. 여기서 인간에게 이롭게 구는 영혼은 영령이라 불리고, 못되게 구는 영은 악령이라 불리게 됩니다. 발효와 부패처럼 본질의 문제가 아닌 관계성의 문제인 것입니다."

귀보동 회장님은 그 외에도 유령을 상대함에 있어 유용한 여러 지식을 알려주셨습니다. 만약의 사태를 대비해서 부적이라며 예쁘게 생긴 조약돌 하나를 보내셨고요. 만약 지하실에 갈 일이 생기면 꼭 그 조약돌을 들고 가라면서 말입니다. 저는 통화를 마친 뒤 저와 귀자 씨 사이의 관계성이 어떠한지를 고민했습니다.

만약 귀자 씨로부터 제가 감당하기 어려운 요청을 받았다면 단칼에 거절을 했을지도 모르겠습니다. 그리고 냉장고를 다른 방식으로 처분하려고 했겠지요. 하지만 귀자 씨의 요청은 대단찮은 정도였습니다. 결국 저는 동거인끼리 서로에게 과도하게 간섭하지만 않는다면 〈타이요노우타〉 팬 동지 사이의 정으로써 잘 지내자 결론을 내렸습니다.

〔 **6** 〕

흑… 흑흑….

'무슨 소리지?'

흑흑… 흑….

귀자 씨와의 동거생활을 받아들이기로 했지만 귀자 씨와 곧바로 사이가 가까워진 것은 아니었습니다. 저희가 결정적으로 친해지게 된 계기는 이사를 오고 열흘째인가 되던 날에 있었던 사건이었습니다.

야심한 시간, 저는 그만 잠에서 깨어나고 말았지요. 창밖은 어두컴컴하기 그지없어 시간대조차 가늠하기 어려웠습니다.

제가 잠에서 깨어난 이유는 누군가가 울고 있는 소

리 때문이었습니다. 그리고 그 소리와 방향을 보아 그 눈물의 주인은 침실 밖 귀자 씨가 분명했습니다.

그때 저는 어떻게 해야 할까 오래도 고민을 해야 했습니다. 누군가가 눈물을 흘릴 때는 그 모습을 보이고 싶지 않을 수도 있고 위로를 필요로 할 수도 있는데 지금 이 상황은 어느 쪽인지 분간이 되지 않았기 때문입니다.

요즘이라면 모를까, 그때까지 저는 냉장고 안에 갇혀 계시는 귀자 씨와 서로를 가구처럼 그냥 그 자리에 있는 무언가 정도로 대하며 데면데면하게 지냈던 탓도 있습니다. 생판 모르던 사람끼리 갑자기 한집에 살게 되었으니 어색하기는 어색했으니까요.

흑흑….

'에라, 나도 모르겠다….'

저는 침대에서 일어났습니다. 그러고는 자다 일어났다는 것을 감안할 수 있을 정도로는 몸을 단장하고 침실 밖으로 나갔지요. 위협적으로 보이지 않도록 신경 쓰면서 말입니다.

아니나 다를까 제가 들은 곡성의 주인공은 귀자 씨가 맞더군요. 당시에 귀자 씨는 냉장고 안에 갇힌 채 제가 빌려드린 아이패드를 보면서 훌쩍이고 계셨습니다. 저는 양손을 들고서는 귀자 씨에게 다가가 말을 건넸습니다.

"귀자 씨. 제가 도와드릴 일이 있나요? 괜한 참견이었다면 죄송합니다."

아이가 뇌전증을 앓는데… 그래서 밤에 발작이 일어났을 때 옆에 누가 없으면 큰일이 나서… 강아지를 입양해서… 같이 자게 하려고….

귀자 씨는 다짜고짜 아이패드를 들어 저에게 화면을 보였습니다. 화면 안에는 장애아동들과 그 아이들을 위해 특수하게 훈련이 된 강아지들이 처음으로 만나서 신나 하는 장면이 나오고 있었지요.

그렇습니다. 귀자 씨는 이승에 남은 미련 때문이 아니라 강아지가 나오는 감동적인 다큐멘터리 때문에 훌쩍이고 계셨던 것이었습니다. 부끄럽게도 저는 전혀 예상치 못한 장면에 당황해버렸지요.

"이것 때문에 울고 계셨던 거예요?"

응… 이거 봐봐….

귀자 씨의 귀기로 가득한 두 눈에서는 끊임없이 눈물이 흐르고 있었습니다. 그리고 저 역시 아이들과 강아지들이 함께 노는 장면을 보다 보니 눈에 수분이 맺히고 말았습니다. 저도 아이들과 강아지들이 나오는 영상에 약하거든요.

　결국에 저는 침실에서 이불을 갖고 나와서 귀자 씨가 갇힌 냉장고 옆에 앉고는 귀자 씨와 함께 〈개와 함께〉 다큐멘터리를 1편부터 마지막 편까지 전부 다 시청하고 말았습니다. 다음 날 카페에 출근했을 때 무척 힘들기는 했지만 보람찬 시간이었습니다. 그날을 계기로 저와 귀자 씨는 넷플릭스 동지가 되었으니까요.

〔 **6 + 1** 〕

이하에는 저와 귀자 씨 둘이서 함께 보았던 작품들과 그에 대한 대화를 정리해놓겠습니다. 대단한 이야기는 없으니까 읽지 않고 넘어가셔도 좋습니다.

1) 시트콤

인동　저는 〈프렌즈〉를 보지 못할 거라고는 상상도 못했어요. 그렇게나 좋아했는데.

귀자　*로스 너무 철없어. 〈내가 그녀를 만났을 때〉도 보기 힘들지?*

인동　(고개를 끄덕이는) 네. 닐 패트릭 해리스가

커밍아웃하기 전 작품이잖아요. 〈모던 패밀리〉도
요즘 감수성에 비교하면 조금 아슬아슬하더군요.
〈김씨네 편의점〉은 어떻게 받아들여야 할지를
모르겠고요.

귀자 (어깨를 으쓱인 뒤) *나는 나쁘지 않던데?*
예전에 아빠랑 전화할 때 같아서.

인동 저는 역시 〈굿플레이스〉가 제일 좋았어요.
사후세계를 철학사와 연결 지어서 그렇게 조망한
작품은 흔치 않으니까요.

귀자 *너는 귀신 앞에서 〈굿플레이스〉 이야기를 하고*
싶냐? 나는 〈언브레이커블 키미슈미트〉.
티나 페이가 술 먹고 주정 부리는 게 좋아.

인동 〈그레이트 뉴스〉는 보셨어요? 거기도 티나 페이
나온다던데.

귀자 *보긴 봤는데 시즌 2로 종결된 시리즈에는 다*
이유가 있는 법이야.

인동 아무 생각도 하지 않고 보기에는 역시 〈브룩클린
나인나인〉만한 게 없네요.

귀자 (잠시 생각에 잠겼다가) *I was legally dead for*
two full minutes⋯. And I met God.

인동 Tight. What does she look like?

귀자 *Ethnically ambiguous.* (인동을 향해 주먹을 내민다)

인동   (주먹을 쥔 뒤 귀자가 내민 주먹에 맞부딪힌다)

2) 다큐

인동   저는 다큐는 잘 안 봐요. 사람들이 자주 말하던 게
〈도쿄 아이돌스〉나 〈오쇼 라즈니쉬의 문제적
유토피아〉 정도가 있던데 다 더러워서 못
보겠더라고요.

귀자   *(양손으로 얼굴을 감싸고는) 난 어렸을 때 오쇼*
라즈니쉬 책 읽은 적도 있었다.

인동   류시화의 시대였잖아요. 그 작가는 어쩜 필명도
류시화지? 동물들이 나오는 다큐멘터리라도 볼까
했는데 동물들이 위험에 처할 때마다 긴장이
되어서 못 보겠어요.

귀자   *식문화를 다루는 다큐는 어때? 〈셰프의 테이블〉,*
〈파이널 테이블〉.

인동   제가 당장에 먹지 못하는 걸 뭣 하러 보나요?
비슷하게 〈세계에서 가장 경이로운 집〉처럼
부자들이 집 꾸미는 장르도 안 좋아해요.

귀자   *그렇다고 다큐를 보지 않는다니, 기구한 것.*
〈트윈스터즈〉나 〈파인더스 키퍼스〉처럼 감동적인
작품도 모르고 살았구나.

인동 아. 다큐는 아니지만 그건 재밌게 봤군요.
〈크리스틴 매코널과 이상한 과자의 집〉.

귀자 (경멸 가득한 눈빛으로 인동을 흘겨본다)

3) 애니메이션

인동 〈릭 앤 모티〉.

귀자 (경멸 가득한 눈빛으로 인동을 흘겨본다)

4) 애니메이션 두 번째

인동 〈스티븐 유니버스〉.

귀자 *더빙 설정 고치는 거 귀찮아.*

인동 〈틴타이탄 고〉.

귀자 (경멸 가득한 눈빛으로 인동을 흘겨본다)

5) 애니메이션 세 번째

인동 〈쉬라〉.

귀자 *원어? 더빙?*

인동 둘 다.

귀자 *합격.*

6) 드라마

인동　(평소보다 살짝 목소리를 높여) 하지만 〈아메리칸
　　　반달리즘〉의 실험적인 기법이나 그에 특화된 서사
　　　구조는 훌륭하지 않나요?

귀자　*글쎄다? 그리고 너 왜 그렇게 재수 없게 말하니.*

인동　죄송해요. 버릇이 들어서.

귀자　*너 〈기묘한 이야기〉나 〈아틀란타〉도 좋아하잖아.*

인동　〈기묘한 이야기〉는 그렇다 쳐도 〈아틀란타〉는
　　　도날드 글로버잖아요. 내용에서도 뭐 흑인 문화의
　　　특수성을 생각하면 그 정도는….

귀자　*다 남자가 주인공이거나 남자가 만든 이야기의
　　　한계야. 여자들의 취급을 보라고. 그리고 도널드
　　　글로버의 뒷이야기 모르지?*

인동　〈힐하우스의 유령〉은요?

귀자　*원작을 봤으면 그런 말은 못 할 걸.*

인동　이렇게 다 빼면 남는 게 뭐가 있기는 합니까?

귀자　*(정색하며) 〈빨강머리 앤〉, 〈엘리멘트리〉,
　　　〈크레이지 엑스 걸프렌드〉, 〈오렌지 이즈 더
　　　뉴 블랙〉, 〈제시카 존스〉, 〈러시아 인형처럼〉,
　　　〈원 데이 앳 어 타임〉….*

인동　아…

귀자　(정색하며) 〈글로우〉, 〈마드리드 모던걸〉, 〈해나
　　　개즈비 나의 이야기〉, 〈티그 노타로 기쁘지
　　　아니한가〉, 〈그레이스 앤 프랭키〉, 〈굿 걸스〉….

인동　제가 잘못했습니다.

귀자　(정색하며) 〈에이전트 카터〉, 〈블렛츨리 서클〉,
　　　캐빈 스페이시가 뒈진 뒤의 〈하우스 오브 카드〉,
　　　〈두 여자의 위험한 동거〉, 〈꼴찌 마녀 밀드레드〉….

인동　제가 정말로 잘못했습니다.

〔 **7** 〕

저희는 드라마를 같이 볼 때 외에는 대화를 자주 나누지 않았습니다. 인사나 하는 정도였지요. 아파트에 남아 있던 귀자 씨의 물건들을 정리할 때나 몇 가지 이야기를 들었고요. 남의 사진이나 서류를 제멋대로 처분할 수는 없었으니까요.

하지만 가끔씩 귀자 씨가 몇 가지 조언을 주실 때도 있었습니다. 대부분 704호에는 벨튀를 하면 안 된다거나 503호 주민이라는 사람을 만나면 대화를 멈춘 뒤 트와이스의 'YES or YES'를 부르며 집으로 곧장 오라는 식의 무슨 영문인지 모를 조언이었지만 말입니다.

동네 치안이 오죽 나빠야지. 죽기 전에도 이 아파트가 이상하다고 생각하기는 했지만 죽은 후로는 이 아파트가 진짜 이상한 걸 알겠더라.

"하긴 귀보동 사람들도 이 아파트는 진짜 아니라고 하더군요."

귀보동 사람이든 아니든 너를 사람 취급하는 사람이면 네가 이 아파트의 냉장고 안에서 칼에 찔려서 죽은 여자의 귀신을 봤다고 했을 때 이 아파트는 진짜 아니라고 해줘야 해… 생각을 좀 하고 살아….

정원 일을 보는 경비원님과 대화를 하느라 늦게 귀가했던 날의 일입니다. 귀자 씨와 갓 올라온 〈타이요노우타〉 9화를 보면서, 제가 카페를 마감하고 돌아오는 길에 아파트 정원에서 이런저런 일이 있었다고 전하자 귀자 씨는 또 이상한 조언과 함께 푸념을 던지시더군요.

화면의 내용이 이렇게나 흥미진진할 때 귀자 씨는 잡담을 잘 하지 않으시는데 의외였습니다. 특히 〈타이요노우타〉 9화는 온갖 사건을 거친 뒤 어슐러 제독이 결국 나인 보좌관을 회유하는 데 성공했고 라나 선장은 고립무원이 된 충격적인 내용이었는데도 말입니다.

남자친구랑 집에서 나가는 길에 눈 밑에 문신을 한 아저씨랑 시비가 붙었지 뭐야. 나중에 그 아저씨가 고작 그 시비 붙었던 일에 앙심을 품고 나를 죽이고 남자친구를 조롱했지. 불똥은 이렇게 생각하지도 못한 곳에서 튀니까 인동 씨도 조심하라는 이야기야.

"주의하겠습니다."

저희는 평소에는 귀자 씨가 냉장고 안에 갇히게 된 사건은 화제로 삼지 않았습니다. 하지만 귀자 씨는 무엇인가가 마음에 걸리셨는지 그날만은 본인의 죽음에 대해 직접적으로 이야기를 꺼냈습니다.

남자친구분에 대해서는 저도 알고는 있었습니다. 제가 이사를 왔을 때 집 곳곳에는 귀자 씨와 남자친구분이 함께 찍은 사진이 붙어 있었으니까요. 하지만 그럼에도 귀자 씨한테서 그분의 이야기를 들은 것은 이번이 처음이었습니다.

"범인은 어떻게 되었나요?"

감옥에 가긴 했는데 나를 살인했다는 건 밝혀지지 않았어. 다른 사건이 밝혀져서 지금은 무기징역이야.

"하긴. 집주인 아저씨도 귀자 씨가 실종이 아닌 야반도주라고 여기셨지요. 제가 유해를 회수하는 데 도움을 드릴까요?"

뭣 하러?

귀자 씨는 저의 제안을 듣고는 진심으로 이상하다는 표정을 지으셨습니다. 아무래도 망자들은 생자와는 기준이 다른 것이었을까요?

귀자 씨는 귀자 씨대로 저의 얼굴에서 의아하다는 인상을 느끼셨던 듯합니다.

살인마한테 감정이 없는 것은 아닌데 저주해서 죽이고 싶지도 않아.

"그러신가요?"

윤리적인 이유는 아니고. 내가 걔를 죽이면 걔도 귀신이 될 텐데 그러면 같은 귀신끼리 서로 뻘쭘할 거 아냐?

듣고 보니 그렇더군요.

뻘쭘한 정도로 그치기나 하면 다행이지. 걔가 나 따라다니기라도 하면 어쩌겠어. 〈타이요노우타〉 시즌 피날레는 보고 성불해야 하는데 파이널 에피소드까지 얼마나 괴롭겠냐고.

"지당하신 말씀입니다."

일단 연쇄살인마는 룸메이트로 삼기에는 적당한 타입이 아니잖아?

"같이 넷플릭스도 보기도 어색할 테고 말이죠."

저의 시시껄렁한 맞장구에 귀자 씨는 살포시 미소를 지으면서 화답하셨습니다.

너는 뭐 대단하지도 않은 일을 하면서 유세니?

〔 **8** 〕

며칠 뒤 저는 제 카페에서 귀자 씨가 해주셨던 충고
가 무슨 의미였는지를 알게 되었습니다. 묘하게 낯이
익은 손님 한 분이 가게 문을 열고 들어오시는데 그분
의 등 뒤로 온갖 종류의 잡귀들이 보였습니다.

그 잡귀들은 대부분 동물의 원혼이었습니다. 하지
만 그렇다고 하더라도 귀보동 사람들이 EBS 인간이라
고 부르는 저에게도 보일 정도의 것이라면 예삿일이
아님이 분명했습니다. EBS에서 자극적인 화면이 나오
는 경우는 예술영화가 아니라면 긴급재난방송이 나올
때니까요.

"맥주 주세요."

"알겠습니다."

그분은 분명 살아 있는 사람이었음에도 불구하고 그 목소리에는 어딘가 소름 돋는 느낌이 있었습니다. 제가 참견할 일은 아니라는 생각에 조용히 맥주를 꺼내다 잔과 함께 트레이에 올려 그분에게 건넸습니다만 그분의 용건은 음료의 주문만으로는 끝나지 않았습니다. 아니, 음료의 주문은 저에게 몇 가지 질문을 하기 위한 인사치레에 불과했을 것입니다.

"사장님."

"네, 손님."

"혹시 눈 밑에 이런 모양의 문신을 한 사람이 가게에 온 적이 있습니까?"

"문신이오?"

그분은 제게 코팅된 종이 하나를 보여주셨습니다. 그 종이에는 기하학적인 문양 하나가 그려져 있었습니다. 저는 그제야 제 앞에 계신 손님의 낯이 왜 익숙하게 느껴졌는지를 알아차렸습니다. 그분은 귀자 씨가 살아 계실 때 남자친구였던 분이었어요. 집에 걸린 사진을 정리하면서 봤던 그 얼굴이었지요.

이 무슨 기묘한 우연인가, 싶었지만 조금 더 생각해 보니 우연만은 아니겠더군요. 그분은 눈 밑에 문신을 한 남자를 찾고 계셨으니까요. 귀자 씨의 실종과 이 남자 사이의 연관성을 쫓고 있음이 분명했습니다. 이 남자가 지금은 다른 살인사건의 범인으로 감옥에 갇혔다는 사실은 모르셨나 봅니다.

"제가 근무하는 때 이런 문신을 한 손님은 오신 적은 없습니다."

"알겠습니다. 혹시 보시게 되면 이 연락처로 알려주십시오. 사례하겠습니다."

그분은 저에게 연락처만 적힌 명함을 건네고는 트레이를 받아 들고 구석 자리로 가셨습니다. 그러고는 출입문을 노려보며 혹여나 눈 밑에 문신을 한 남자가 가게에 들어오지 않을까 기도하는 듯했습니다.

저로서는 난감한 노릇이었습니다. 우선 손님의 개인정보를 무단으로 제3자인 자신에게 알려달라는 요청에 당황하기도 했지만 저는 그분이 왜 그 남자를 쫓는지도 알고 그 남자가 감옥에 갇혔다는 것을 알기도 했으니까요.

'부패와 발효에 대한 저의 이론을 기억하십니까? 이번에도 마찬가지입니다. 이 비유를 되풀이하자면 그 동네는 영혼이 부패하기 좋은 환경입니다. 습하고 빛이 잘 통하지 않아 곰팡이가 피기 좋은 곳처럼 말입니다. 가게를 찾은 손님이 연인을 잃어 복수심에 가득찬 사람이라면 그분은 세균이 배양되기 좋은 배지나 다름없고요. 어디에 홀리거나 빙의되었을 가능성이 큽니다. 그런 분이 그 동네를 몇 달이고 서성인다면 주변에 잡귀가 모이는 건 필연이라 할 수 있습니다.'

제가 귀보동 회장님에게 조언을 구했을 때 회장님은 위와 같이 문자를 보내주셨습니다. 저는 문자를 계속해서 다시 읽으며 이 상황에 어떻게 대처해야 할지를 고민했습니다. 귀자 씨가 원하시지 않는 이상 그분의 죽음을 밝히지 않는 방식으로 문제를 해결해야 했는데 마땅히 떠오르는 답이 없었습니다.

결국 저는 손님이 잠시 화장실에 들르신 사이 그분의 가방 안쪽 주머니를 찾았습니다. 그리고 귀보동 회장님이 부적이라면서 저에게 보내주신 조약돌을 몰래 숨겼습니다. 쓰기 어려운 곳에 달린 주머니이니 그분이 이 부적을 바로 발견해버리거나 하지는 않으리라 짐작을 하였지요. 그저 부적의 효력이 다할 몇 주만이라도 큰 피해가 나지 않게 막아주길 비는 수밖에 없었습니다.

〔 **9** 〕

웬 오지랖이야?

"죄송합니다."

그날 밤 귀자 씨는 귀가한 저에게 크게 성을 내셨습니다. 제가 남이 시키지도 않은 일에 함부로 끼어든다는 것이었습니다. 귀자 씨는 카페에서 있었던 일들을 모두 알고 계신 모양이었습니다.

저는 그분이 측은해서 약간의 도움을 주었을 뿐이라 변명했습니다. 하지만 저의 변명은 귀자 씨의 화를 더 돋울 뿐이었습니다. 귀자 씨는 냉장고 안에 앉아 특유의 그 차가운 목소리로 이야기를 이어나가셨습니다.

그 인간이 처한 상황은 본인이 자초한 거고 자아 도취에 잠겨서 허우적거리는 모습조차도 스스로가 가장 원한 꼴이야. 네가 부적을 줘서 깨우치고 말고 할 일이 아니라고.

"알겠습니다."

나는 내 죽음의 원인마저도 내가 아니라고. 그런데 염치도 없이 너까지 이럴 거야?

귀자 씨는 분을 삭이지 못한 채로 저를 노려보셨습니다. 저는 그제야 어설프게나마 귀자 씨가 화를 내시는 이유를 짐작하게 되었습니다. 저는 그날 새벽 귀자 씨가 지쳐서 그만두실 때까지 혼이 났습니다. 그리고 사과를 했습니다. 제가 선을 넘었음이 분명했으니까요. 부끄럽고 죄송한 일이었습니다.

결국 깊은 밤이 되어서야 침대에 누울 수 있었습니다. 아르바이트생들에게는 다음 날 카페는 조금 늦게 개장하겠다고 예약문자 설정을 마친 뒤 불편한 마음을 지우지 못한 채 잠들었습니다.

〔 **10** 〕

눈을 뜨자 그곳은 어둠이 짙게 깔린 설원이었습니다. 마치 다큐멘터리 〈프로즌 플래닛〉에서 본 것만 같은 그런 풍경이었습니다. 눈으로 뒤덮인 평원은 차갑게 빛나는 은하 속 별빛을 반사하여 마치 거울 위를 걷는 듯했습니다.

저는 살가움을 잊어버리고 만 것 같은 추위 속에서 인기척을 찾아 헤매었습니다. 걷고 걷고 또 걸어야만 했습니다. 눈앞을 하얗게 가로지르는 지평선이 가닿을 수 없을 만치 멀어 보였습니다. 날카로운 공기가 피부를 바짝 당기고 굶주림이 계속되었지만 힘들지도 외롭지도 않았습니다.

어느 순간에 저는 누군가가 저의 맞은편에 앉아 있음을 발견했습니다. 그 누군가는 무언가를 기다리는 듯했습니다. 저는 딱히 할 일이 없었고 굳이 더 걸어야만 하는 이유도 없었기에 그 옆에 앉아서 누군가의 기다림에 동참하였습니다.

눈을 감자 다음 날 아침이었습니다. 꿈에서 깨어난 저는 눈치를 살피면서 침실 밖으로 나갔습니다. 제 우려와는 달리 귀자 씨는 아무런 일도 없었다는 듯 저에게 인사를 했습니다. 그러고는 분명하게 필요한 것을 요청했습니다.

넷플릭스….

"네."

저는 재빠르게 아이패드를 냉장고 앞에 설치하고 그 옆에 앉았습니다. 귀자 씨 나름대로 저를 용서하겠다는 신호를 주신 것이었겠지요. 이후로는 이전과 다를 바 없이 지냈습니다. 그날 있었던 사건에 대해서는 저나 귀자 씨 모두 다시 언급하지 않았습니다.

〔 **11** 〕

팅. 에어프라이어기가 조리를 완료했다는 신호입니
다. 저는 부엌으로 달려가 칠리 콘 카르네를 올린 나초
를 그릇에 담았습니다. 올리브와 치즈 그리고 할라페
뇨가 한가득 더해진 제 특제 요리였습니다. 물론 과카
몰레도 듬뿍 덜었고요. 다음으로는 차갑게 식은 맥주
를 잔에 따른 뒤 거실로 옮겼습니다.

귀자 씨는 언제나 그러하셨듯이 여유롭게 음식을
준비하는 저를 노려보고 계셨습니다. 잘못은 제게 있
습니다. 조금 전 업데이트 신호가 스크린에 표시되었
음에도 불구하고 늑장을 부렸으니까요.

네. 오늘은 〈타이요노우타〉의 최종화가 방영되는

날입니다. 달리 말해서 귀자 씨의 현세에서의 마지막 하루라고도 할 수 있겠지요. 저는 오늘은 특별히 가게 문마저 닫고서 완벽한 송별회를 준비하기로 했습니다.

아로마는?

"오늘의 아로마는 바로 이 치즈 향기입니다."

인정하겠다.

저희는 넷플릭스를 보는 가장 경건한 방식으로. 그러니까 전혀 경건하지 않게 온몸에 힘을 빼고 축 늘어진 채 등을 뒤에 기대고는 화면에 집중했습니다.

〈타이요노우타〉 피날레 시즌의 파이널 에피소드는 과연 저희가 이렇게나 간절히 기다릴 만한 완성도를 보여주었습니다. 제작진이 예산과 노동력을 아낌없이 쏟아부었음이 화면과 내용에서 느껴졌습니다. 피날레 시즌의 중간 에피소드 몇몇에서 보였던 CG 장면이 아쉬웠던 것은 모두 이 에피소드를 위해 힘을 안배하고 있음이 분명했습니다.

어슐러 제독의 쿠데타. 나인 보좌관의 배신. 라나 선장의 저항. 시즌 3이 되도록 구축되었던 서사는 모든 캐릭터가 납득할 수 있는 결론으로 정리가 되었습니다. 라나 선장은 마지막의 마지막까지 인류가 우주 진출을 하기 위해서 무엇을 지키고 무엇을 버려야만 하는지를 치열하게 고민하며 용기 있는 결단을 내렸습니다. 제작진이 팬덤과 마찬가지로 등장인물들에게 주어 마땅한 이야기를 줘야 한다고 고심한 결과이기에 한 치의 아쉬움도 없었습니다.

저와 귀자 씨 두 사람은 손에 땀을 쥐어가며 화면에 집중했습니다. 터져 나오는 반전과 인물 사이의 화학반응은 저희가 파이널 에피소드에 기대했던 바로 그 내용들이었습니다. 여기서 귀자 씨에게 감탄할 수밖에 없는 것이, 귀자 씨가 몇 번이나 이전 시즌을 복기하면서 정립했던 가설들 대부분이 제작진이 팬 이론을 참고라도 한 것처럼 실제 작품의 내용 전개와 흡사했다는 것입니다.

것 봐. 어슐러 제독은 라나 선장의 딸이 맞았지?

"하지만 어슐러 제독이 라나 선장보다 나이가 많잖아요. 어떻게 맞히신 거예요?"

말했지. 시즌 2에 나왔던 시공간연속체 사건에 대한 언급은 어슐러가 미래에서 왔다는 복선이라고. 전형적인 모계 서사를 반복하는데 어슐러만 그렇지 않은 것도 복선이고.

"말씀하신 대로네요. 대단해요."

아, 재밌었다….

귀자 씨는 자신의 예상이 맞아떨어진 것이 자랑스러운지 박수를 치며 좋아하셨습니다. 저 역시 독한 팬 하나가 작품에 환장했을 때 미래를 예지하는 수준으로 작품을 이해할 수 있다는 사실에 감탄했습니다.

화면에는 곧 스태프 롤이 올라오기 시작했습니다. 저는 이 기나긴 여정을 마무리했다는 기쁨을 공유하기 위해 뒤를 돌아봤습니다. 하지만 냉장고 안에는 이제 그 누구도 갇혀 있지 않았습니다. 귀자 씨는 더 이상 냉장고 안에 계시지 않았습니다. 제가 귀자 씨를 위하여 치른 정주행이라는 이름의 공양은 이렇게 마무리가 된 것입니다.

〔 **12** 〕

저는 조용히 스태프 롤이 올라가는 모습을 지켜봤습니다. 저는 군이 말하자면 영화관에서 스태프 롤이 다 올라갈 때까지 앉아 있는 파입니다. 어떤 분들은 스태프들의 이름을 체크하기도 한다는데 제가 앉아 있는 이유는 그렇게나 대단한 것은 아니었습니다. 그저 검은 화면이 올라가는 동안 감상을 정돈하고자 함이었습니다.

아이패드로 영화를 볼 때 불편한 점은 검은 화면이 나왔을 때 저의 얼굴이 반사된다는 것입니다. 〈타이요 노우타〉 최종화의 스태프 롤을 볼 때 역시 검은 여백에 저의 지친 얼굴과 텅 빈 냉장고가 비춰져서 감상을 제대로 정돈하지 못했습니다.

저는 넷플릭스의 내가 찜한 콘텐츠 항목에 어떤 작품들을 담아 놓았는지를 떠올렸습니다. 〈타이요노우타〉가 끝이 났으니 다시 또 새로이 볼 만한 작품들을 찾아야만 했으니까요. 제가 카페에 출근한 사이 귀자씨가 담아 놓은 작품들이 많이 있으니 어렵지는 않을 것이라 생각하던 사이.

'쿵.'

결코 일어나서는 안 될 일이 일어났습니다.

'쿵.'

'쿵.'

'쿵.'

'Tsukinouta is coming soon…!'

저는 경악 속에서 화면을 바라보았습니다. 제작진이 공언한 대로 〈타이요노우타〉는 시즌 3로 마무리가 된 것이 맞았습니다. 하지만 〈타이요노우타〉의 끝이 곧 프랜차이즈의 끝인 것은 아니었습니다. 제가 바라보고 있는 영상은 프랜차이즈의 또 다른 시작이었습니다. 이 사람들이 스태프 롤의 끝자락에 다음 시리즈 〈츠키노우타〉의 예고편을 삽입한 것이었습니다.

〈츠키노우타〉의 예고편에는 온갖 종류의 이야기가

다 담겨 있었습니다. 거울 세계에서의 모험. 지구연방의 설립. 우주 진출 이후 예정되었던 달기지의 건설. 주인공은 결국 태어나버린 라나 선장의 딸이더군요. 이제 이 소녀는 어른이 되는 과정에서 어슐러 제독과 같이 타락의 길을 걸을 것인지 아니면 이를 극복할 것인지 선택해야만 할 것입니다.

예고편마저 끝이 나자 화면은 넷플릭스의 메인으로 옮겨졌습니다. 저는 어림짐작으로나마 미래가 아닌 현재의 어슐러가 주인공이 되어서 이야기가 진행된다면 총 몇 시즌이나 나올지 계산했습니다. 아무리 적게 잡아도 4시즌 이상이 필요하다는 것은 분명했습니다.

저는 아무도 없이 텅 빈 냉장고 안을 그저 바라만 보았습니다. 귀자 씨. 우리가 함께 봐야 할 드라마가 이렇게나 남았습니다. 그런데 이 방에 남은 사람은 저뿐이라니요. 그렇게 생각하니 겁에 질리지 않을 수가 없었습니다.

이 상황에 두려움을 느낀다니 참으로 부끄러울 노릇입니다. 누군가는 칼에 찔린 뒤 냉장고에 갇혀 죽음을 맞이해야만 했는데 저라는 사람은 태어나서 느꼈던 가장 큰 공포가 고작 넷플릭스를 같이 봐줄 사람이 없다는 것밖에 되지 않는다면 이 얼마나 가소로운 일입니까? 그렇게 자조하는 순간, 제 입에서는 저주와 같은 한마디가 새어 나왔습니다.

"그러게. 염치도 없지."

이는 마치 오래도록 묵은 술에 취한 나머지 본의 아니게 흘려버리고 마는 그런. 반갑고도 부끄러운 한마디였습니다.

에어 강아지의 보호자

〔 **1** 〕

"저의 여자친구는 에어 강아지 보호자예요."

처음에 저는 이게 무슨 소리인가 싶었습니다. 에어 강아지 보호자. 각 단어의 뜻은 쉽게 이해가 되는데도 이 셋을 붙여놓으니 어느 하나 말이 되는 구석이 없어 보였기 때문이었지요. 눈앞의 의뢰인, 현우 씨는 제가 질문을 꺼내기 전부터 저의 의문을 예상하셨는지 바로 설명을 보충하시더군요.

"에어 강아지는 그러니까… 혹시 에어 기타가 뭔지 아시나요?"

에어 기타. 악기를 들지 않았으면서도 가상의 악기를 들고 있다 상정하고 허공에서 기타 연주를 하는 척 움직이는 퍼포먼스 정도로 알고 있습니다. 학술적 정의로 명확하게 파악한 것은 아니나 개념적으로는 어렴풋이나마 이해하는 수준이지요. 그래도 이 힌트를 듣자 에어 강아지 보호자에 대해서 짐작이 갔습니다.

"압니다. 그렇다면 에어 강아지 보호자는 에어 기타를 연주하는 것처럼 존재하지 않는 강아지를 실제로 기르는 것처럼 행동하는 사람을 말하겠군요."

"네. 맞아요."

현우 씨는 제가 에어 강아지 보호자에 대해 바로 이해한 덕분에 구구절절 설명하지 않아도 된다는 것이 기쁘셨던 것 같습니다. 저의 추측을 들은 뒤 안도의 한숨과 함께 옅은 미소를 지으셨거든요.

현우 씨는 제 카페의 단골손님이십니다. 학원 선생님이면서 인터넷 강사로도 경력을 쌓고 계시지요. 그래서 수업이나 녹음에 앞서 카페인이 필요하실 때마다 학원 옆 건물에 위치한 저의 카페에 들러 커피 한 잔을 사 들고 가고는 하셨고요.

하지만 오늘 현우 씨는 커피만을 위해 저의 가게를 찾으신 것은 아니었습니다. 그보다는 저희 카페의 특별한 서비스, '기이하거나 으스스한 이야기'를 이용하러 오신 것이었지요.

'기이하거나 으스스한 이야기'는 제가 운영하는 카페의 다락방에서 진행하는 이벤트입니다. 이 프로그램을 이용하시는 분은 이 다락방에 앉아 생활에서 겪은 기이하거나 으스스한 사건들에 대해 저에게 말씀하시거나 녹음한 뒤 그 대가로 커피 한 잔을 받습니다. 저는 가끔 단순히 이야기를 듣는 것만이 아닌 상담까지 요청을 받는 경우가 있는데, 현우 씨는 그런 분들 중 하나셨고요.

"여자친구는… 그러니까, 세진이는 힘들고 지칠 때마다 에어 강아지와 산책을 갔어요. 옆에서 보면 그냥 동네를 걷는 행인이나 다를 바 없었지만 여자친구의 머릿속에서 그리는 그림은 달랐어요. 진짜로 강아지가 옆에 있는 것처럼 상상하면서 걸었던 거죠."

"실례가 되지 않는다면 세진 씨께서 보호하시는 에어 강아지의 견종이 어떻게 되는지를 여쭤봐도 될까요?"

현우 씨는 입을 쩍 벌리고는 저를 바라보셨어요. 후일 듣기로는 세진 씨를 이상한 사람으로 몰지 않고서 그런 질문을 한 사람은 제가 처음이었다고 하더군요.

"요크셔테리어입니다. 나이는 모르겠고 성별은 수컷입니다. 중성화는 마쳤고요."

"이름은요?"

"똘이입니다."

좋은 이름이네요.

"여자친구인 세진 씨가 에어 강아지의 보호자라는 이야기는 분명 재미나는군요. 제 주변에 많은 애견가가 있으나 에어 강아지에 대해서는 처음 들었습니다. 하지만 이 이야기는 기이하지도, 으스스하지도 않은데요. 굳이 어느 쪽이냐면 귀여움의 카테고리에 들어갈 것 같습니다."

현우 씨는 걱정 어린 낯빛으로 대답을 이어 나가셨습니다. 그리고 그 표정 어딘가에는 묘한 공포와 이런 상황에 두려움을 느끼는 스스로에 대한 당혹 그리고 혹시 저만은 이에 대해 공감해주지 않을까 싶은 희미한 기대가 느껴졌습니다.

"맞아요. 그런데 세진이는 저번 주에 저에게 똘이가, 에어 강아지가 실종이 되었다고 하더군요. 아마 전날 산책을 하고 돌아오는 길에 잃어버린 것 같다면서요."

기이하더군요.

"그리고 세진이는 똘이를 찾겠다고 나간 뒤 아직까지 연락이 끊겼고요."

으스스했고요.

〔 **2** 〕

기이한데?

"그렇죠?"

으스스하고.

"맞아요."

귀자 씨께서는 흥미롭다는 듯 아이패드를 한쪽으로 치우고는 저의 이야기에 귀를 기울이셨습니다. 귀자 씨께서 옆에다 던져놓은 아이패드에는 〈이웃집 토토로〉가 틀어져 있더군요. 그리고 곧 암전된 스크린에는 오로지 저의 얼굴만이 비치고 있었지요.

귀자 씨께서는 인간이 아닙니다. 이는 귀자 씨의 성품이 비정하다거나 그 과거사가 잔혹하다거나 문명화가 되지 못했다거나 하는 비유적인 표현은 아니고요.

어디, 이 신령님이 해결을 해보실 만할까?

"저는 그렇게 생각해요."

네. 귀자 씨께서는 신령이십니다. 얼마 전 눈가에 문신이 있는 사내에게 살해를 당한 뒤 본인 집의 냉장고에 시체가 보관되어 냉장고의 지박령이 되었다가 저를 만난 이후 귀신에서 신령으로 숙성된 분이십니다.

귀보동 회장님의 설명을 따르자면 신령과 악령의 차이가 크지 않다고 합니다. 마치 숙성된 것과 상한 것, 발효와 부패의 차이라고는 인간에게 이롭나, 이롭지 않나에 있는 것과 마찬가지로 말입니다. 귀자 씨께서는 성불하지 못하고 오랜 기간 이승에 머문 덕에 영력이 강해졌으며 그 영력을 업은 지우고 덕은 쌓는 일에, 또 넷플릭스 시청하는 일에 사용하기로 결정하였기에 신령이라 분류가 되십니다.

"어떤가요. 세진 씨의 영혼이 느껴지시나요?"

아니. 아무래도 세진이라는 사람은 죽진 않은 것 같아.

그리고 저의 카페에서 운영하는 '기이하고 으스스한 이야기'라는 이벤트는 귀자 씨께서 덕을 쌓기 좋도록 주변 지역에서 벌어지는 영적 분쟁과 갈등에 대한 정보를 모으기 위해 진행하는 행사이기도 했지요. 여기서 제보받은 사건들 중에서 귀자 씨께서 개입할 여지가 있는 사건을 골라 문제를 해결해 덕을 쌓도록 돕기 위한 행사였던 것이었어요.

귀자 씨께서는 신령이 되신 만큼 이런저런 신통력을 갖고 계셔요. 죽은 이와 소통하는 것도 귀자 씨께서 갖고 계신 신통력 중 하나였지요. 이번에는 세진 씨의 넋이 구천을 헤매지는 않을까 찾는 데 쓰였고요.

다만 이 능력으로는 세진 씨가 어디에 계신지는 알수 없었습니다. 신령이라고 해도 할 수 있는 일은 많다고는 할 수 없었고 할 수 없는 일도 적다고는 할 수 없었으니까요.

"피안이 아닌 차안의 일이군요. 원칙적으로는 저희가 개입하지 않는 편이 좋습니다만."

아니. 그렇지 않아.

"네?"

피안의 사람과 관련된 일은 아닐지도 모르지. 하지만 피안의 강아지와 관련된 이야기일 수는 있잖아. 메이가 토토로를 쫓다 길을 잃어버린 것처럼.

합당한 추리였습니다. 어쩌면 세진 씨가 함께했던 에어 강아지 똘이의 정체는 강아지의 영혼이었을

지도 모르니까요. 세진 씨도 저처럼 영혼의 주파수가 영계와 맞닿은 분이셨다면 얼마든지 가능한 일이었고요.

"그러면, 이 사건은 어떻게 하시겠어요?"

맡자. 강아지를 위해서.

"강아지를 위해서?"

강아지를 위해서.

마땅하고도 옳은 말씀이었습니다.

〔 **3** 〕

실례합니다. 귀댁에 입장을 허해주시겠습니까.

다음 날 해 질 녘, 귀자 씨께서는 공손한 태도로 방면빌라 주차장에서 나물을 다듬고 계신 가택신에게 인사를 올렸습니다. 뽀글뽀글한 머리에 꽃무늬 몸뻬바지와 목에 두른 수건까지, 방면빌라의 가택신은 전형적인 가택신의 형상을 취하고 계셨기에 알아봄에 어려움이 없었지요.

가택신은 묵묵히 귀자 씨와 저를 위아래로 훑어보고는 말없이 고개를 끄덕여서 저희가 빌라로 들어갈 수 있게 해주셨습니다. 그러고는 다시 자리에 앉아 나물을 다듬으며 낡은 브라운관 TV로 드라마를 보시더

에어 강아지의 보호자   **67**

군요. 이래 봬도 아직은 공덕이 그리 깊지 않은 신령인 귀자 씨에게도 바른 일로 방문했다고 환대해주신 상황이었지요.

귀자 씨께서는 실종된 세진 씨를 찾기로 결정을 내린 뒤 저에게 세진 씨의 거주지로 가자고 지시하셨어요. 세진 씨가 지내시던 방면빌라의 위치는 현우 씨로부터 이미 들은 바 있었고 상세한 동호수는 가택신에게 들으면 될 일이었으니 어려운 일은 아니었습니다.

저는 담보물이 되어 가택신 곁을 지켰고 귀자 씨께서는 벽을 통과해서 세진 씨의 집 안을 살피기로 하셨습니다. 인간 탐정이 저질렀다면 빼도 박도 못하는 불법침입이 되겠지만 귀자 씨께서는 형법에 구속되지는 않으시니까요. 이런 편법이 가능하다는 것이 귀신 탐정의 장점 중 하나지요.

물론 이 불법침입은 세진 씨가 지내시는 빌라의 가택신의 허락과 감시가 있었기에 가능한 일이기도 합니다. 귀자 씨께서는 산 자들의 법도로부터 자유롭지만 동시에 죽은 자들의 도리를 따라야만 하기도 하셨지요. 만약에 귀자 씨가 세진 씨에게 해코지를 하기 위해 이 불법침입을 강행했다면 가택신이 잠자코 지켜보지만은 않았을 겁니다.

가택신은 저를 쳐다보지도 않고서 저에게 나물로 가득 채워진 접시를 건넸습니다. 아마도 귀자 씨를 기다리는 동안 일이나 하고 있으라는 눈치였습니다. 저는 잠자코 가택신 앞에 쪼그려 앉아 같이 나물을 다듬었습니다.

　　"어르신. 세진 씨의 실종에 대해 단서가 될 만한 것들이 있을까요? 알려주시면 수색에 큰 보탬이 될 것 같습니다."

　　가택신은 가는 눈을 뜨고서는 저를 바라보았습니다. 아무래도 저같이 하찮은 인간에게 대꾸를 하기는 싫은 모양이었습니다. 아니면 입을 여는 것이 저에게 영적으로 큰 부담이 되는 상황이었을지도 모를 노릇이었고요. 신들이란 언제나 그러하니까요.

　　"세진 씨의 실종은 인간사의 일입니까?"

　　저의 질문에 가택신은 조용히 고개를 저었습니다. 역시. 가택신은 관대하신 분이었습니다. 한낱 인간인 저에게 말을 걸었다가 제가 뭉개질까 염려하셨을 뿐, 세진 씨의 실종 사건을 해결하길 기대하는 듯하셨습니다. 그저 집 바깥의 일이라 가택신이 권한을 행사할 수 없는 상황에 계셨을 뿐이지요.

　　"괴력난신의 일입니까?"

가택신은 손가락으로 담벼락을 가리키고는 고개를 끄덕이셨습니다. 그곳에는 어딘가 익숙한, 기하학적인 문양이 작게 그려져 있었습니다. 귀자 씨께서 세진 씨를 돕자고 결정하신 일은 올바른 일이었습니다. 이 세상에는 공권력이 해결할 수 없는 일들도 있고, 세진 씨의 실종이 바로 그런 일이었으니까요.

이후로 저는 별다른 질문은 하지 않고 나물을 다듬었습니다. 가택신과 같은 고차원의 분께 결례를 저질러서는 안 될 일이었으니까요. 어려서부터 귀신을 볼 수 있던 저조차도 귀자 씨를 모시기 전까지는 이분들이 너무 신성하신 나머지 그 존재를 느끼지도 못할 정도였지요.

가택신은 곧 저를 손가락으로 가리킨 뒤 브라운관 텔레비전을 가리키셨습니다. 텔레비전의 화면에는 옛날 옛적의 프로그램인 수사반장이 나오고 있었지요.

"네, 맞습니다. 귀자 씨는 영적 사건을 추적하고 계십니다. 저는 그 보조를 맡고 있고요."

대화는 다시 끊겼습니다. 저도 가택신을 따라 수사반장을 보며 귀자 씨의 수색이 끝나기를 기다렸습니다. 이제는 자료를 구하는 것도 불가능할 방송을 어떻게 보고 계신지는 모르겠지만, 신령한 존재란 다들 이런 취향이신가 봅니다.

손으로는 나물을 다듬으면서 눈으로는 최불암 씨의 연기에 잔뜩 몰입한 사이, 어느새 귀자 씨께서 세진 씨의 집 베란다로 빠져나와 저를 향해 외치셨습니다.

야! 인동! 넌 뭐 개풀이나 뜯고 앉아 있어? 세진이라는 사람이 죽게 생겼는데! 당장 튀어오지 못해?

〔 **4** 〕

저는 놀란 나머지 세진 씨의 댁으로 뛰어 올라갔습
니다. 제가 있었다는 흔적이 남으면 혹여 있을지 모를
경찰의 수사에 혼선이 생길 위험이 있어 집 안에는 들
어가지 않으려고 했지만, 사람 생명이 걸린 일이니 어
쩔 수 없었지요.

귀자 씨께서는 세진 씨의 집 안을 샅샅이 살폈는지
바로 저에게 사진과 서류 몇 장을 보여주셨습니다. 사
진에는 학창 시절 세진 씨와 아마도 에어 강아지의 모
델이지 않았을까 싶은 요크셔테리어의 모습이 담겨
있더군요. 폭신폭신한 털에 달콤한 미소까지, 카스테
라 같은 강아지였습니다.

에어 강아지의 정체를 알았어. 세진이라는 사람의 본가에서 사는 강아지, 똘이의 생령이었을 거야. 이 집을 둘러보니 이 사람은 영적인 감수성은 전혀 없는 게 확실해. 그런 사람들은 가까운 이의 생령밖에는 보지 못하거든.

"세진 씨와 함께 걷던 에어 강아지의 정체가 가족의 생령인데 왜 세진 씨의 생명이 위험하지요?"

그야 이것 때문이지.

귀자 씨께서는 제 고개를 돌려 서류를 바라보게 하셨습니다. 그 서류는 세진 씨가 동물병원에서 받은 진단서와 처방전이더군요.

서류에 적힌 내용은 안타까운 이야기들뿐이었습니다. 똘이라는 강아지의 견권을 위해 어떤 병을 앓았는지를 하나하나 알려드리지는 않겠습니다만, 이 아이는 오래도록 가족의 곁에 있기 위해 노력했다는 것만 말씀드릴 수 있겠습니다. 그리고 서류 더미의 마지막 내용은 똘이의 마지막에 대한 위로의 편지였지요.

이 시기, 똘이는 잠을 많이 잔 것 같아. 그러니 세진이라는 사람이 지쳤을 때마다 생령이 되어 그 곁으로 가 위로를 할 수 있었겠지. 이 사람은 생령이라는 것을 이해하지 못하고 에어 강아지라며 여겼을 테고.

"그렇다면 똘이가 세상을 떠난 뒤로는…."

맞아. 세진이라는 사람은 진상을 모르고 힘들 때마다 에어 강아지를 찾았던 거야.

"똘이가 생령이 아닌 원령이 되었을 가능성은 없을까요? 세진 씨 곁을 지키려고 말입니다."

없지는 않지만 적어. 아니다. 똘이는 요크셔테리어지? 그러면 없어. 바로 좋은 곳으로 가.

"속설에는 강아지들은 세상을 떠난 뒤 천국의 문 앞에서 보호자들이 올 때까지 기다린다던데요?"

말도 안 되는 소리지. 강아지는 천국의 문 앞에 있지 않아.

"그런가요?"

응. 그곳이 어디든 강아지가 있는 곳은 천국이 되니까.

과연. 논리적으로 완벽한 대답이었습니다.

그러니 세진이라는 사람은 세상을 떠난 강아지를 찾다가 이매망량에게 홀렸을 가능성이 커. 그러다 피안과 차안 사이에서 길을 잃었겠지. 유바바에게 이름을 빼앗겨서 온천장에서 일하게 된 치히로처럼.

여담입니다만, 귀자 씨께서는 넷플릭스에 스튜디오 지브리 작품이 올라온 것이 무척 기쁜 모양이셨지요.

"그러면…어떻게 해야 할까요?"

어떻게든 현우라는 사람을 불러야 해.

"어떻게 부르지요?"

귀자 씨는 입가에 한가득 귀기 어린 웃음을 지으셨습니다.

어떻게는? 어떻게든이라니까.

〔 **5** 〕

새벽녘처럼 어두운 조명. 살얼음이 일기 직전의 온
도. 쑥과 마늘을 태운 향. 성당과 절간의 울림. 마지막
으로 쓰디쓴 커피까지. 현우 씨는 다락방에서 이물감
을 느끼며 심각한 표정으로 저를 바라보셨습니다.

세진 씨의 댁에서 단서를 찾고 다음다음 날의 일입
니다. 현우 씨는 두려움과 절망 속에서 저의 카페를 찾
으셨어요. 그러고는 '기이하고 으스스한 이야기' 이벤
트를 다시 한번 신청하셨지요. 저는 귀자 씨께서 말씀
하신 대로 일이 진행되자 적잖이 놀랐고요.

"현우 씨. 식은땀을 흘리고 계시는군요."

"맞아요. 아마 세진이의 행방불명이 길어져서 그런

것 같아요. 세진이 부모님도 딸과 연락이 되지 않는다고 경찰에 신고하셨어요. 아직 아무런 단서도 나오지 않았다고 하고요. 그런데….”

“그런데?”

현우 씨는 말끝을 흐리다 마른침을 삼키고는 간신히 다음 한마디를 꺼내셨습니다.

“제가 자꾸 악몽을 꿔서요. 너무 힘들어서 이 카페로 오게 되었어요. 이상하죠?”

저는 다 안다는 표정으로 현우 씨를 바라보았습니다. 실제로 내막을 다 알고 있기도 했으니까요. 현우 씨는 조심스레, 자신이 할 이야기가 이상하게 들릴 것이라 확신하면서도 어떻게든 그렇지 않다고 설득하려는 어조로 설명을 이어 나가셨습니다.

“무시무시한 악몽이었어요. 저는 숲을 거닐고 있었는데… 그 숲에는 어린 아기의 유령들로 가득했어요. 그 아기들의 얼굴은 사람의 얼굴 같지가 않았고요. 눈과 입으로 착각할 법한 커다란 구멍 셋이 무질서하게 뚫려 있을 뿐이었지요.”

〈모노노케 히메〉.

“저는 그 아기들을 피해서 막무가내로 도망쳤죠. 하지만 더 깊은 숲으로 가 길을 잃게 되었고요. 그리고 그 숲은 커다란 버섯들로 가득했어요. 그리고 그 버섯들은 사람이 숨을 쉴 수 없도록 독을 내뿜고 있었고요. 저는 제 폐가, 제 몸이 균사체의 배지가 되고 있음을 느꼈습니다."

〈바람계곡의 나우시카〉.

"숲은 곧 바다로 바뀌었어요. 꿈이니까 이상할 일도 아니었죠. 그리고 그 바다는 눈동자를 가진 파도들이 서로를 덮치듯이 요동쳤어요."

〈벼랑 위의 포뇨〉.

"그다음에는 폭풍이 불어 저를 하늘로 끌어 올렸고…."

〈천공의 성 라퓨타〉.

"구름 위의 텅 빈 푸른 하늘에는 죽은 자들의 넋이 열을 이뤄 흐르고 있었지요."

죄송합니다. 〈붉은 돼지〉였군요.

"저는 어떻게든 구름 밑으로 내려갔어요. 그 밑은 폭우가 쏟아지고 있었고요. 겨우 집 안으로 숨었는데, 그곳에서는 검은색의 큰 모피를 입은 여성이 저를 덮치려고 들더군요."

〈마녀 배달부 키키〉와 〈하울의 움직이는 성〉.

"그리고 도망치고 또 도망쳐서 도착한 곳이 이 카페

였어요. 비록 거무스름한 먼지들로 가득 찼지만 이곳만은 다른 어떤 위협으로부터도 안전했다는 걸 깨닫자 꿈에서 깨어났고요. 그런 악몽이었어요. 요 이틀간, 눈만 감으면 저는 이 악몽을 꿉니다."

〈이웃집 토토로〉와 〈센과 치히로의 행방불명〉. 저는 귀자 씨께서 안배한 장면들이 모두 나왔음을 확인하였습니다. 현우 씨의 이야기는 저번과는 달리 기이하지도 으스스하지도 않았습니다. 왜냐하면 현우 씨가 꾼 악몽은 현우 씨가 제 카페로 돌아오시도록, 다시 한번 저에게 상담을 받으시도록 유도하기 위해 귀자 씨께서 만든 악몽이었으니까요.

악몽에 나온 장면들이 스튜디오 지브리의 작품을 참고한 것도 귀자 씨다운 일이었습니다. 귀자 씨께서는 몇 주 동안 아이패드로 스튜디오 지브리 작품만 몇 번이고 돌려보셨기도 했지요.

현우 씨의 안색은 어둡다 못해 새카매지셨어요. 아무리 세진 씨를 구하기 위해 저지른 일이라고는 해도 죄책감을 지우기는 어렵더군요. 하지만 저는 일을 그르치지 않기 위해 단호하고 진중한 어투를 잃지 않았습니다.

"세진 씨를 구하고 싶으십니까?"

"네?"

"그 악몽은 이승과 저승 사이에서 길을 잃어버린 세진 씨의 구조신호입니다. 저의 카페에 오셔서 조력을 받으라는 내용으로 해몽이 됩니다."

현우 씨는 담담하게 손님의 꿈을 해몽하는 카페 주인을 바라보며 어이없다는 표정 반, 혹여나 사실이면 어쩌나 싶은 표정 반을 지으셨습니다. 아마 다음으로 꺼낼 저의 조언을 들으면 어이없다는 표정만 지으시겠지요.

"현우 씨는 앞으로 에어 여자친구의 연인이 되십시오. 사라진 세진 씨를 사라졌다고 생각하지 마시고 언제나 바로 곁에 있다고 여기시며 말을 거셔야만 합니다. 세진 씨를 구하기 위해서는 이 방법밖에 없습니다."

저라고 이런 조언을 하고 싶었던 것은 아닙니다. 하지만 정말로 세진 씨를 구하기 위해서는 이 방법밖에 없었습니다. 현우 씨는 도대체 이놈의 커피 장사꾼이 무슨 헛소리를 하는지 기가 찬다는 태도였습니다.

결국 저는 준비했던 카드를 꺼냈습니다. 딱히 비장의 수를 은유하기 위해서만은 아니고, 진짜 종이 카드를 꺼낸 것이었습니다. 그러고는 즉석에서 카드에 몇 가지 그림을 그려 보였습니다.

〈모노노케 히메〉의 코다마, 〈벼랑 위의 포뇨〉의 파도, 〈하울의 움직이는 성〉의 황야의 마녀까지. 저의 펜 끝이 스튜디오 지브리의 캐릭터들을 그릴 때마다 현우 씨는 사색이 되었습니다. 도대체 무슨 수를 썼기에 제가 자신의 악몽 속 등장인물들을 알고 있느냐는 눈빛이셨지요.

"현우 씨의 꿈속에 나온 이 존재들은 세진 씨가 헤매고 있는 곳의 것들입니다. 살아 있는 것들이 아니고 살아 있고자 하는 것들이지요. 세진 씨는 에어 강아지를 쫓다가 그만 이 살아 있고자 하는 것들에게 홀려 길을 잃으셨습니다. 그곳은 어둡습니다. 그분이 다시 집으로 돌아오기 위해서는 집에 불빛이 켜져 있어야만 합니다. 현우 씨께서 에어 여자친구 놀이를 하시면서 세진 씨를 부르면 그 목소리가 불빛이 될 것입니다."

"정말… 정말이에요? 저 놀리시는 거 아녜요?"

"아닙니다. 제가 어떻게 이 모든 것들을 알고 있는지에 대해서는 묻지 마십시오. 사례는 받겠습니다. 세진 씨가 돌아오시면 함께 가까운 산을 하루 올라가십시오. 그리고 세진 씨가 조약돌 하나를 고르시면 그걸 받아 저에게 가져다주십시오."

귀자 씨께서는 이 사례를 꼭 받아야 한다고 주장하

셨습니다. 자기가 정말로 그 조약돌을 갖고 뭘 하지도 않겠지만, 공짜로 조언을 들은 사람은 그 조언을 값어치가 없다고 생각하기 때문에 뭐라도 하나는 받아야만 한다는 것이었지요. 다단계 사기에서도 흔히 쓰이는 수법이라나요. 덤으로 하루 등산하면 건강에 좋다는 이유 또한 있었습니다.

"그렇게 하면… 정말로 그렇게 하면 세진이가 돌아올까요? 제가 에어 여자친구 놀이를 하면?"

"네. 더해서 에어 여자친구만이 아니라 에어 강아지도 들이도록 하십시오. 세진 씨의 에어 강아지였던 똘이를 돌봐주셔야만 합니다."

저는 마지막으로 학이 수 놓인 천 주머니에서 수정하나를 꺼내 현우 씨에게 건넸습니다.

"세진 씨는 에어 강아지를 돌보려다가 길을 잃으셨습니다. 자칫하면 현우 씨마저 길을 잃을 위험도 있는 일입니다. 그러니 이 수정을 간직하십시오. 삿된 것들이, 살아 있고자 하는 것들이 다가오지 못할 것입니다. 그리고 세진 씨가 돌아오시면 이 수정은 한지로 싸서 사람 손길이 닿지 않는 땅에다 묻으십시오."

현우 씨는 신중한 표정으로 수정을 건네받으셨습니다. 참고로 이 수정은 인터넷 액세서리점에서 삼천 원으로 균일가에 판매하는 상품이었는데요. 이런 액세서리에 과한 의미를 부여하는 것 역시 다단계 사기에서 흔히 쓰는 수법이라더군요.

〔 **6** 〕

"현우 씨가 저희의 조언을 따르실까요? 그냥 이상한 카페 주인이 미친 소리를 한다고 넘어가시진 않을까요?"

따를 거야. 안 그러면 따를 때까지 내가 꿈에 나올 거거든.

현우 씨가 돌아가신 뒤 저는 귀자 씨에게 돌아가 상황에 대해 보고했지요. 귀자 씨께서는 사악하게 웃으면서 승리를 낙관하시더군요.

하지만 저는 아직 이해가 가지 않는 지점이 있었습니다. 그래서 〈귀를 기울이면〉을 시청하고 계신 귀자 씨에게 넷플릭스 앱을 잠시 멈춰주기를 요청 드린 뒤 질문을 하나 했습니다.

"정말로 이렇게만 하면 해결이 될까요? 제가 현우 씨에게 건넨 수정은 아무런 힘도 담기지 않은 돌멩이에 불과합니다. 상징적이고 의례적인 의미는 가질 수 있겠지만, 현우 씨마저 세진 씨처럼 이매망량에게 홀려 피안과 차안 사이의 경계를 헤매시게 되면 어떻게 하지요?"

귀자 씨께서는 아이패드에서 재생되는 화면을 멈추고는 저를 바라보며 설명을 더 하셨습니다. 이미 나는 죽었지만 너 때문에 귀찮아서 또 죽겠다는 표정을 지으시면서요.

에어 강아지와 함께 지내는 것은 원래대로라면 전혀 문제 될 일이 아니야. 이번에는 그저 강아지가 아주 잠깐만 곁을 떠난 사이에 일어난 재앙이었을 뿐이지. 현우라는 사람이 에어 강아지와 산책을 하면 똘이라는 강아지가 돌아와서 무슨 일인지 알게 될 거야. 그러면 똘이가 세진이라는 사람의 길잡이이자 불빛이 되어줄 거고. 만약을 대비해서 나도 가끔 지켜보러 갈 테니 걱정하지 마.

"하지만 똘이라는 강아지는 이미 이 세상을 떠났지 않았나요? 일전에 귀자 씨께서 똘이는 좋은 곳에 있으며 그 근거로 강아지들이 있는 곳은 언제나 좋은 곳이 된다고 하지 않았습니까."

귀자 씨께서는 귀찮다는 듯 저를 쳐다보지도 않은 채 다시 화면을 켜서 시즈쿠가 바론을 따라 하늘을 나는 장면을 감상하면서 대꾸하셨습니다.

맞아. 그리고 강아지들은 언제나 다시 돌아와. 우리 곁으로.

"그런가요?"

그럼. 강아지잖아.

이번에도 역시 논리적으로 완벽한 대답이었습니다.

〔 **7** 〕

다음 날, 카페 개장을 위해 종종걸음으로 인도를 걷는 중이었습니다. 그리고 저는 가게 두 블록 앞 삼거리에서 보호자도, 목줄도 없이 길가에 앉아 있는 요크셔테리어 한 마리를 만났습니다.

저는 강아지의 곁에 다가간 뒤 느린 속도로 한쪽 무릎을 꿇고 앉아서 주먹을 내밀었습니다. 강아지는 제가 내민 주먹의 냄새를 킁킁 맡고는 한 번 코를 할짝거린 뒤 웃어 보였습니다.

"안녕하세요. 혹시 세진이라는 분과 지냈던 똘이라는 강아지이신가요?"

저의 짐작이 맞았는지 강아지는 컹, 하고 한 번 짖

고는 꼬리를 흔들었습니다. 그러고는 제 손을 핥아주고는 삼거리 너머를 향해 총총걸음으로 사라졌지요.

똘이는 곧 저의 시야를 떠났습니다. 저는 기쁜 마음으로 가게 문을 열 준비를 시작했습니다. 조만간 연인과 함께 가게를 다시 찾아오실 현우 씨에게 어떤 음료를 대접할지를 고민하면서 말이지요.

저주받은 리얼돌

〔 **1** 〕

21세기에 사이버펑크를 배경으로 작품을 만들면서 별다른 고민 없이 인공지능이랑 섹스하는 장면을 집어넣는 놈들을 볼 때마다 어이가 없어. 섹스 로봇이라는 것은 그 자체로 형용모순이라고.

저는 말없이 아이패드를 껐습니다. 화면 안의 해리슨 포드가 유리벽에 손을 대고 영화가 끝이 났지만 귀자 씨께서는 평소와 달리 스태프 롤이 올라가는 것을 지켜보지 않을 모양이었으니까요.

귀자 씨께서는 냉장고 안에 앉은 채 양팔을 휘저으며 발버둥 치는, 의미 모를 동작을 반복했습니다. 아마 영화를 보고 진심으로 분노하신 모양이었습니다. 오랜

만에 같이 냉장고 앞에 앉아 할리우드 대작 영화를 본 것이었음에도 말이지요.

이 새끼들은 섹스와 마스터베이션 그리고 레이프를 구분할 줄도 모르는 놈들이야. 섹스는 상호동의가 전제되는 거잖아. 그리고 동의에는 자유의지가 필요하고. 인간에게 복종하도록 설계된 로봇으로 성욕을 풀면 그건 섹스가 아니라 비싼 도구를 쓰는 마스터베이션에 불과하다는 정도는 이해해야 하는 거 아니야?

"자유의지가 있는 로봇에게 명령권자를 가진 인간이 그 의지에 반하는 명령을 내려서 성욕을 풀면 레이프고 말이죠. 귀자 씨께서는 작품 속 AI가 자유의지가 없이 저런 일을 했다고 보세요?"

모르지. 하지만 집안용 AI가 자유의지를 통해 사고할 이유를 하나도 모르겠어. 그러니 자유의지 없이 했다면 마스터베이션이고, 자유의지로 했다면 불필요한 기능이 당연하다는 듯 첨부된 AI가 나오는 삼류 SF인 거지. 왜 집안 관리용 인공지능 프로그램에 자유의지를 넣는 건데? 과유불급도 정도껏 아냐? 무엇보다 인동아, 작품 속 AI에게 자유의지가 있는지 없는지는 애초에 중요한 게 아니야.

귀자 씨께서는 짜증 나는 영화를 볼 때마다 항상

그러하듯 콧김을 뿜으면서 열변을 토해내셨습니다. 오늘의 영화는 〈블레이드 러너 2049〉였는데요. 아무래도 귀자 씨의 SF관과는 영 동떨어진 내용인 모양이었습니다.

더군다나 레플리칸트들이 왜 저렇게 멍청해진 건지도 모르겠네. 옛날 〈블레이드 러너〉의 레플리칸트들에게는 비장미가 있었다고. 쏟아지는 빗줄기처럼 짧고도 허망하지만 강렬하게 세상에 부딪히는 그런 멋짐이 있었잖아.

"〈블레이드 러너 2049〉의 레플리칸트들에게는 그런 비장미가 보이지 않았나요?"

당연하지. 고작해야 애를 낳고 말고가 고민의 전부인 놈들에게 무슨 비장미가 있는 건데? 그리고 도대체 왜 임신을 통해 아이를 낳으려고 하는 건데? 레플리칸트는 기계 아니야? 기계의 장점은 시스템화된 제작공정으로 인해 설계한 대로의 완성도를 갖춘 결과물이라는 점 아니야? 레플리칸트들이 왜 혁명을 위해 임신처럼 복불복의 확률에 따라, 그것도 한 개인의 신체라고 하는 내외적으로 불안정하기 짝이 없는 도구를 통해 스스로를 재생산하지 않으면 안 되는데? 자기들만의 공장을 만들어서 그 공장을 통해 동

지들을 대량생산 하는 방식으로 혁명해야 하는 거 아니야? 임신해서 10개월, 애들 자라는 데 20년, 이 세월을 더 기다리면서 사회를 변혁하겠다고 하는 인공지능이 있으면 그건 인공지능이 아니라 인공저능이지. 미국놈들은 혁명이 우습나? 프롤레타리아트가 뭔지 몰라? 생산 양식과 생산 관계의 문제에 대해 아는 게 없어? 〈블레이드 러너 2049〉에서는 기획만 맡긴 했지만 리들리 스콧이 나이 먹고서 망령이 난 게 아닐까 싶다. 〈에이리언 커버넌트〉에서도 마찬가지로 임신이라는 테마에 변태적으로 집착했잖아.

"〈에이리언〉 시리즈는 원래 변태적이잖아요."

말은 똑바로 하자. 〈에이리언〉은 여성이 주인공이었고 여성이 변태를 물리치는 이야기였지, 변태가 일방적으로 날뛰는 이야기는 아니었다. 〈터미네이터〉나 〈에이리언〉이나 그 시리즈가 본질적으로는 여성의 이야기라는 것을 잊고 만든 후속편은 하나같이 엉망이었다고.

과연 귀자 씨의 이야기에는 뭐 하나 틀린 구석이 없었습니다. 듣고 보니 참으로 맞는 말이라, 저는 귀자 씨의 영민한 해석에 연신 고개를 끄덕일 뿐이었습니다. 영화를 보지 않은 사람들에게는 도대체 이게 무슨 소리냐 싶은 장광설이었겠지만요. 잠깐 인내해주시기를 부탁드립니다.

그런데 귀자 씨의 설명을 듣는 중에 의문이 하나 떠올랐습니다. 오늘의 영화를 고른 사람은 제가 아니라 귀자 씨였습니다.

'고른 영화가 별로다'와 같은 경우는 일반적으로 흔히 일어나는 일입니다. 하지만 귀자 씨는 일반적인 사람이 아닙니다. 귀자 씨는 성불하지 않고서 고통받는 중생을 구제하며 넷플릭스를 시청하기 위해 성불하지 않고 이승에 남은 신령님이십니다. 온라인 공간에 올라온 모든 영상을 재생해서 보기 전까지는 현세에 남기로 한 21세기의 미륵불이라고나 할까요.

그런 귀자 씨께서는 고매하기 짝이 없는 영력을 괴력난신의 문제를 해결하거나 넷플릭스에 올라온 망작을 선별하기 위해 사용하고는 하셨는데, 어쩌다가 웃긴 망작이 아니라 불쾌한 망작을 고르셨을까요? 저는 혹시나 싶은 마음에 귀자 씨의 귀기 어린 안색을 살폈습니다. 귀자 씨께서는 그 기색을 읽으셨는지, 한층 더 불쾌한 표정을 지으시고는 한마디 투덜거리셨지요.

맞아. 〈블레이드 러너 2049〉는 신탁이야.

〔 **2** 〕

　저는 카페 마감 시간을 앞두고 설거지를 하면서 신
탁에 대해 생각했습니다. 〈블레이드 러너 2049〉라니.
아무래도 이번 임무도 쉽지만은 않을 듯했으니까요.
도대체 귀자 씨와 저에게 무슨 일이 일어나려고 그 영
화를 보게 되었을까요?

　귀자 씨는 얼마 전부터 아이패드를 통해 신탁을 받
게 되었습니다. 딱히 재미는 없겠지만 넷플릭스에서
이 영화를 봐야지, 하고 꽂혀서 작품을 보면, 며칠 뒤
괴력난신이 일으킨 사건을 해결할 실마리를 영화의 내
용에서 찾을 수 있게 된 것이지요. 태블릿 PC와 넷플
릭스를 통한 계시라니, 참으로 귀자 씨다운 신탁이지

싶습니다.

고민은 설거지를 빠르게 마치도록 돕습니다. 신탁은 풀릴 수 없는 고민이고요. 귀자 씨께서 신탁을 받기 시작한 이후부터 설거지와 청소 그리고 빨래가 조금 더 쉬워진 느낌입니다. 그래서였을까, 그릇들을 정리하는데 뿌듯한 기분이 들더군요. 하루를 말끔하게 정리했으니까요.

"인동이. 잠깐 괜찮나?"

"괜찮습니다. 무슨 일이시죠, 구 사장님?"

하지만 뿌듯함도 잠시의 일이었습니다. 닫아놓은 가게 문을 열고서, 이웃 건물에서 편의점을 운영하는 구철현 사장님이 찾아오신 것이었습니다. 구 사장님은 70대 남성분이신데, 편의점 일은 취미로 하시는 일에 가깝고, 본업은 본인이 소유하고 있는 빌딩 관리였습니다. 제 카페 주변의 다섯 채 정도가 그분의 건물이지요.

"이번에도 귀자 신령님께 간청드리고 싶은 일이 있어서 말이야."

"알겠습니다. 올라가시지요."

구 사장님은 부동산에 훤하신 분답게 풍수지리나 무속에 관심이 많았습니다. 그래서 귀자 씨에 대해서 알게 되었을 때도 거부감을 보이지 않으셨고요. 오히려 이렇게 괴력난신과 관련된 일이 생기면 꼭 저를 찾아왔지요.

저는 아마 구 사장님이 부탁하려는 일이 이번 〈블레이드 러너 2049〉 신탁과 관련된 일이겠거니, 하며 구 사장님을 위층 다락방으로 모셨습니다. 저희 카페의 특별한 서비스, '기이하거나 으스스한 이야기'를 준비하기 위해서 말입니다.

"실은 이번에 가게 하나가 야반도주를 했거든. 그래서 그 안의 물건을 처분해야 하는데, 야반도주를 한 그 과정이 꺼림칙해. 업장 안에 든 물건들도 마찬가지고. 아무래도 귀자 신령님께서 한번 살펴주시지 않으면 정리하다 어디 살이라도 맞을 것 같아."

"어떤 가게지요?"

구 사장님은 민망하다는 듯 뒷머리를 긁다가 품에서 전단지를 하나 꺼내 저에게 건네셨습니다. 그리고 그 전단지의 상단에는 이런 문구가 크게 적혀 있었습니다. '성인전용' '리얼돌 24시간 체험방' '알코올 소독으로 안심 사용'.

어쩌면 이렇게 하나같이 다 끈적하고 비위생적인 느낌의 단어들을 다 끌어모을 수 있는지, 안구를 뽑아

다가 알코올에 담가 소독하고 싶은 지경이었습니다. 저는 어떻게 이러나 싶어 긴 한숨을 쉰 뒤에야 구 사장님께 따질 수 있었습니다.

"구 사장님. 귀자 씨께서 어떤 분인지 아시잖아요. 전에도 그렇게 혼쭐이 나시고도 이런 가게를 받아들이셨어요?"

"귀자 신령님이 얼마나 귀하시고 또 영험하신 분인지 나야 알지요. 하지만 여기 사장이 준상이라고 내 고등학교 후배네 막내야, 막내. 그 후배가 나랑 어지간히 막역해. 그런데 그놈한테 이 막내가 골칫덩이지만 마음 잡고서 가게 한다는데 내가 선뜻 내준다고 했던 걸 어떻게 해."

"그래도 그렇죠."

"인동이, 너무 그러지 좀 마. 이 녀석이 먹고 튀었으니 나 지금 피해자예요. 그뿐이야? 나도 말렸다니까? 그런데 준상이 놈이 글쎄, 내가 아무리 다른 업종으로 들어오라고 해도 이미 사업자금으로 리얼돌이니 뭐니를 다 샀다는데 내가 어쩌겠어? 정작 그래 놓고서는 가게를 열자마자 허깨비를 봤는지 뭐가 씐 것인지, 인형이 자기한테 덤볐다며 입에 거품을 물고 도망을 쳤는데, 이제사 또 뭘 어쩌겠나."

저는 고개를 젓고는 다락방을 나섰습니다. 귀자 씨께서 원치 않을 일인데 제가 멋대로 귀자 씨의 도움을 받겠다고 나설 수는 없으니까요. 하지만 구 사장님은 마지막까지 한숨을 푹푹 쉬면서 저를 달래려고 하셨습니다.

"귀자 씨에게 여쭤는 볼 것입니다."

"고마워! 역시 인동 사장이 말이 통한다니까."

"말이 통해서가 아니에요. 다른 사람에게 전해야 할 이야기를 제가 마음대로 끊으면 안 되니까 여쭤보는 것입니다."

구 사장님은 본인의 한껏 부푼 배와는 정반대로 움츠러든 목소리로 방문을 나서는 저에게 토를 다는 한마디를 하셨습니다.

"어디 또 모르지. 귀자 신령님께서 전처 셋한테나 위자료를 내느라 지친, 이 노추한 늙은이를 어여삐 여기실지."

퍽이나 그러시겠습니까만.

〔 **3** 〕

그러자.

픽이었습니다.

제가 집으로 돌아가 자초지종을 말씀드리니, 귀자 씨께서는 별다른 고민 없이 구 사장님의 의뢰를 받자고 하셨습니다.

구 사장이 어여쁜 건 아니고.

"아니면요?"

며칠 전만 하더라도 귀자 씨께서는 〈블레이드 러너 2049〉에 대해 악평을 쏟아내시면서 여성의 신체가 박제되어 왜곡된 성 상품화의 이미지를 확산하는 과정에 대해 비판적인 입장을 보이셨습니다. 그럼에도 불구하고 왜 구 사장님의 건물에 폐업한, 뭐라 지칭해야

저주받은 리얼돌　　　　　　　　　　　　　**101**

할지도 모르겠는 가게의 뒷정리를 도와주라고 하셨는지, 저로서는 쉬이 짐작하지 못했습니다.

구 사장이 괘씸한 것도 맞는데.

"맞는데?"

인형들이 어여쁘네. 예쁘다는 의미로의 어여쁨이 아니라 가엽다는 의미로의 어여쁨으로다.

저는 한숨을 쉰 뒤 스마트폰을 꺼내 구 사장님의 메신저로 계좌번호를 세 개 전송했습니다. 모두 귀자 씨께서 후원하시는 여성단체와 동물보호단체 그리고 환경운동단체의 계좌번호였습니다.

제가 운영하는 카페의 '기이하고 으스스한 이야기'는 원래 커피 한 잔을 대가로 제가 손님들로부터 기이하거나 으스스한 경험에 대한 정보를 듣는 서비스입니다. 하지만 구 사장님처럼 저희의 사정을 아는 분들께는, 또 본인이 금기를 어긴 나머지 일어난 일에 대한 수습을 부탁하시는 분들께는 이렇게 후원처에 대한 입금을 보수로 받고 있습니다.

"구 사장님. 아시죠?"

"세 군데나?"

"네. 경고를 지키지 않으셨으니 각 단체에 저번보다 1.5배는 더 넣어주셔야 해요."

〔 **4** 〕

"인동이. 처분할 만한 물건은 내가 볼 테니까 저주
받은 물건은 자기가 찾아."

구 사장님은 리얼돌 24시간 체험방의 문을 열어주
신 뒤 바로 가게 매대로 향하셨습니다. 저는 고개를 끄
덕인 뒤 건물의 안쪽으로 향했습니다. 귀자 씨께서 받
은 신탁이 설마 이런 식으로 이뤄지리라고는 상상도
못 했는데 말입니다.

귀자 씨께서 내린 명령대로 구 사장님이 여성단체
와 동물보호단체 그리고 환경운동단체에 후원한 영수
증 사진을 메시지로 보낸 뒤, 저는 구 사장님과 함께
업주가 야반도주한 리얼돌 24시간 체험방을 정리하러

저주받은 리얼돌 　　　　　　　　　　　　　　**103**

갔습니다.

가게 안은 뭐라고나 할까요. 현실이라고는 생각되지 않았습니다. 어딘가 달큰한 향기 속에 보이는 광경 모두가 20년 전에 발매된 저해상도의 3D 게임을 하는 것처럼 어색하기만 했습니다. 고시원처럼 다닥다닥 붙은 방에는 문마다 번호가 붙어 있었습니다. 그리고 방 안은 각각 테마에 맞는 인테리어로 꾸며져 있었습니다.

"신기하지? 하여튼 별 장사가 다 있어."

어떤 방은 학교처럼. 어떤 방은 병원처럼. 어떤 방은 모텔처럼. 어떤 방은 감옥처럼. 하지만 그 방 중에 제대로 원형을 복제한 방은 한 곳도 없었습니다. 무언가를 저렴하게 흉내를 내려는 시늉만 한 그런 공간이었습니다.

저는 구 사장님이 안절부절못하면서도 값이 나갈 물건들을 뒤적거리는 사이, 초가집에 한복 차림의 여성의 모습을 본뜬 인형이 앉아 있는 방으로 들어갔습니다. 이런 콘셉트조차 있다는 사실이 놀라웠습니다.

방 안에는 성인 여성의 신체를 과잉되고 뒤틀린 욕망을 담아 재현한 인형들이 주인처럼 자리를 잡고 있었습니다. 인형에 입혀진 한복 또한 방의 테마가 무색

해지는 싸구려 코스프레 복장이었습니다. 저는 인형을 찬찬히 살펴보며 어떤 주문이 적혀 있거나 부적이 붙어 있지는 않은가 확인하고자 했습니다.

아니나 다를까. 이 체험방의 인형은 입 안에 기괴한 문양이 하나 그려져 있었습니다. 흥미롭게도 저는 그 문양을 다른 곳에서도 본 적이 있었습니다. 그래서 확인을 위해 문양을 핸드폰으로 촬영하려는 순간,

"으, 으하아악! 아아아! 으아아!"

방 바깥으로부터 구 사장님의 우렁찬 비명이 들려왔습니다.

"구 사장님? 무슨 일이십니까? 괜찮으세요?"

저는 곧장 구 사장님이 계신 곳으로 달려갔습니다. 그리고 그곳에서 충격적인 광경을 목격하였습니다.

구 사장님은 입가에 거품을 흘린 채 쓰러져 계셨습니다. 아뇨, 제가 말씀드린 충격적인 광경은 구 사장님이 오징어처럼 바닥에서 뒹굴고 있는 상황을 가리킨 것은 아니라, 체험방의 인형이 그분 옆에서 고개는 위를 바라보며 뒷짐을 쥐고 서 있는 모습에 대한 이야기였습니다.

저는 황당한 나머지 구 사장님을 일으켜 앉히고는 별일이 없다는 듯 시침을 떼는 듯한 포즈로 서 있는

인형을 살펴보았습니다. 아니나 다를까, 그 인형의 뒷짐을 쥐고 있는 양손에는 구 사장님의 것으로 보이는 지갑과 현찰 십만 원가량이 들려 있었습니다.

저는 '구 사장님은 인형의 포즈를 도둑처럼 만들어 놓아야만 흥분하는 성욕을 갖고 있다'와 '인형이 스스로 움직여서 구 사장님을 덮친 뒤 돈을 훔치고는 모른 척하고 있다'의 두 가설 중 가능성이 큰 쪽이 어디인지를 고민했습니다. 저의 짧은 식견으로는 아무래도 후자 쪽이 더 논리적으로 보였습니다.

〔 **5** 〕

걸작이군.

"인형이요, 아니면 〈플라스틱, 바다를 삼키다〉요?"

둘 다.

귀자 씨께서는 제 쪽은 쳐다도 보지 않고 냉장고 안에 누운 채 아이패드 속 다큐멘터리 화면에 집중하셨습니다. 귀자 씨를 위해서 냉장고를 중심으로 설치한 5.1 스피커에서는 무분별한 플라스틱의 오용이 바다 환경을 어떻게 오염시키고 있는가에 대한 나레이션이 조곤조곤 흘러나오고 있었습니다.

저는 기절한 구 사장님을 깨워 댁에 바래다드린 뒤 귀자 씨에게 돌아왔습니다. 귀자 씨께서는 제가 그간 있었던 내용에 대해 설명하는 것을 듣는 둥 마는 둥 하시기만 했습니다. 저는 그저 한참을 가만히 기다리다 오늘치 설거지를 하고자 자리에서 일어났습니다.

이름이 문제였어.

"네?"

리얼돌이라는 단어 말이야. 진짜 이상하지 않냐?

귀자 씨께서는 제가 부엌으로 가기 전에 의미심장한 한마디로 저를 붙잡으셨습니다.

리얼돌을 번역하면 '진짜 인형'이잖아. 그러면 뭐 어디 가짜 인형이라도 있나? 애초에 인형이라는 것은 다 가짜로 인간을 모방해서 만든 무기물을 가리키는 단어 아니야?

"생각해보니 그렇군요."

아마 이야기가 길어지겠지 싶어, 저는 귀자 씨에게 다시 돌아가 그 앞에 앉았습니다. 귀자 씨께서도 아이패드의 화면을 정지한 뒤 자세를 고쳐 앉고는 저를 마주 보셨습니다.

우리는 대지와 파도에서도 인간성을 발견해. 생명체조차 아닌 자연현상을 보면서도 나 스스로와 동일시를 한다고. 하지만 처음부터 인간의 모습을 본뜬 인형에게서는 오히려 인간성을 느끼지 못하고 거부감

을 가져. 어린아이나 인형 수집가라도 되지 않는 한 말이야. 너는 그게 왜라고 생각하니?

"잘 모르겠습니다."

왜냐하면 인간성은 관계성에서 비롯되기 때문이야. 원시종교들을 떠올려봐. 사람들은 번개와 지진에 인간적인 성격을 부여하고 그것들을 숭배했어. 이는 인간이 자연에 굴복하면서 오는 무력감을 신이 가져야 할 책임감으로 떠넘기고 만 것이야. 하지만 인형은 달라.

"어떤 점에서요?"

인형은 인간이 만든 것이지. 여기에서 책임을 가져야 하는 주체는 오로지 인간뿐이야. 타성적으로 신과 운명에 책임을 떠넘겼던 신화시대와는 달리, 인형을 마주한 순간 인간은 주체성을 강제당하고 인간의 피조물에 대한 주도권을 가져야만 해.

저는 귀자 씨께서 하신 이야기를 귀담아듣고 싶었지만 이해는 잘 가지 않았습니다. 도대체 리얼돌이라는 단어의 특수성이, 인간과 인형이 갖는 관계성이라는 것이 구 사장님 댁 빌딩에서 일어난 사건과 무슨 연관이 있다는 것일까요. 어쨌든 귀자 씨께서는 계속해서 설명을 이어 나가셨습니다.

인간이 만들었으니 도리어 인간과는 다른 점이 더 강조되어 보이는 거야. 메리 셸리가 쓴 《프랑켄슈타인: 현대의 프로메테우스》가 근대문학의 전환점이 된 이유도 여기에 있어. 그 전에 쓰인 모든 이야기는 신과 운명에 대해 인간이 저항하고 마주하는 내용이었지. 조물주에 의해 무방비하게 내동댕이쳐진 피조물이 스스로 자립하기 위해 발버둥 치는 내용이었고, 그래서 살부의식과 엮일 수밖에 없었단 말이야.

"그렇지요."

반면 《프랑켄슈타인: 현대의 프로메테우스》 이후의 이야기는 완전히 그 정반대의 이야기를 하고 있잖아. 과거의 피조물은 현재의 조물주가 되었어. 그리고 나를 죽이기 위해 덤벼드는 나의 피조물에게 어떤 책임을 다해야 할지 그 스스로도 알지 못하고. 이제 인류는 부모에게 덤비기만 해도 되었던 속 편한 자식 노릇은 못해. 도리어 자식을 올바르게 지도해야 할 책임에 질식하기 직전인 부모가 되어버리고 말았다고. 인공지능이나 가상현실만의 이야기가 아니야. 쓰레기장에 쌓여가는 플라스틱병 또한 우리의 피조물이잖아. 그리고 얼마 전까지 우리에게 비난의 대상이었던 조물주 역시, 바다와 같은 자연도 역시 인류의 책임이 되어 우리들의 실패를 비웃고 있지. 모든 피부양자가 된 부양자가 피부양자에서 부양자가 된 자신의 아이들에게 그러하듯이 말이야. 계속 정상가족 이데올로기를 끌어오고 있긴 하지만 낡은 비유니까 양해해라.

귀자 씨께서는 설명을 마친 뒤 다음 말씀을 하기 전까지 잠시 숨을 고르셨습니다. 길게도 이야기하셨으니 좀 쉴 법도 하지요. 저는 그사이 궁금증이 떠올라서 손을 들고 질문을 했습니다.

"하지만 어린아이들은 인형을 자신의 친구처럼 대하지 않나요?"

맞아. 그거야말로 관계성의 좋은 예시지. 어른들에게 있어서 인형은 피조물이지만 아이들에게 인형은 친구이자 남매잖아. 아이들은 인형에 대한 책임감이 없으니까. 아이들이 어른들에 의해 만들어진 것처럼 인형도 만들어진 것이니까. 인간성이 관계성에서 비롯된다고 했지? 어린아이들에게는 품 안에 안긴 곰인형만큼 인간적인 존재가 없어. 그 아이들에게 먼 나라의 국방부 장관을 아냐고 물어봐. 그 사람과 어떤 관계성도 상호작용도 없던 아이들에게 더 인간적이라고 여겨지는 것이, 정서적으로 교감할 수 있는 것이 과연 품 안의 곰인형일까, 타국의 국방부 장관일까? 곰인형의 꼬리가 잘려 나갈 때와 국방부 장관이 청문회에서 질의응답으로 고통받을 때 중 언제 더 감정을 이입하고 슬퍼할까? 답은 자명해.

"아이들이 어른이 되면 그 관계성이 바뀌는 것이겠네요."

응. 〈블레이드 러너 2049〉를 보면서 했던 이야기 기억해? 작품 속 AI에게 자유의지가 있는지 없는지는 애초에 중요한 게 아니라고 했잖아. 내가 마주한 대상이 실제로도 인간인가 아닌가는 인간성을 찾는 데, 관계성을 발견하는 데 있어 아무런 상관이 없는 일이야.

애초에 우리는 상대방이 진짜 인간이라는 것을 확신하고 살던가? 전화기 너머의 목소리가, 채팅창 너머의 상대방이 실제로 존재하는 인간이 아니라는 보장이 있어? 고도로 발달한 인공지능이 자동으로 응답하는 것이 아니라고 어떻게 확신해? 그냥 인간이라고 상정한 채 관계하고 있을 뿐이지. 그리고 그렇더라도 아무런 문제가 아니라는 듯이 살잖아.

사람들이 왜 리얼돌 업소와 그 홍보방식에 비판적이겠어? 여성과의 성관계에 있어서 어떤 착취적인 요소를 강조하고 전제한 관계성만을 염두에 두고 진행되잖아. 그 순간 리얼돌이 인형이건 아니건 그건 문제가

아니게 된 거야.

애초에 대상 그 자체가 아니라 내가 대상을 어떻게 바라보고 또 관계하느냐만이 문제니까. 상대에게 자유의지가 있다고 여기느냐 아니냐가 중요하니까. 우리는 어른이 되면 상호 교류에서 포옹했을 때의 포근함 이상을 이해하고 또 요구하게 되니까 인형에게서 인간성을 발견하지 못하는 것이지, 인형이 인간이 아니기에 인간성을 발견하지 못하는 게 아닌 거야.

저는 귀자 씨께서 하신 말씀을 되새기며 〈블레이드 러너 2049〉의 내용을 반추했습니다. 과연. 주인공을 비롯한 등장인물들이 레플리칸트로서의 정체성을 가진 존재들을 대할 때 그 대상의 자유의지 여부에 대해서는 고민하지 않았던 것이 기억납니다. 관계성에 대해서는 더더욱 생각하지 않았던 것도 떠올랐고요. 작품 안에서 다뤄진 고민이 레플리칸트라는 라벨이 붙었는지 아닌지에 국한되었던 점을 감안하면 귀자 씨께서 왜 작품에 불만을 가지셨는지 알 법했습니다.

리얼돌을 성인용 인형이라고도 하잖아. 어른이 되어서 인형에게서 인간성을 찾지 못하게 되었는데, 가능한 한 사람처럼 만들어서 인간성을 찾아내도록 설계했기 때문에 붙은 이름이지. 번역하면 진짜 인형이

라는 이상한 뜻이 되는 리얼돌이나 성인용 인형이나 결국 같은 이유로 나온 이름인 셈이고. 그게 문제였어. 네가 움직이는 인형들과 마주하지 않은 이유는 너는 그 인형들을 진짜 '인형'으로 대했지 '진짜' 인형으로 대하지 않았기 때문이야. 다음에는 그렇게 해봐.

길게 빙 돌아서 겨우 구 사장님 댁 빌딩에서 있었던 사건으로 화제가 돌아왔습니다. 하지만 여전히 귀자 씨께서 하시는 말씀이 그 사건에 대한 설명이라는 생각은 들지 않았습니다. 귀자 씨께서는 제 마음을 아셨는지, 그냥 하다가 그렇게 되었는지 설명을 더 이어나가셨습니다.

다시 가봐. EBS 교육방송만 수신되는 TV 같은 사람인 너라면, 그중에서도 수능 강사보다는 〈생방송 톡!톡! 보니하니〉에 가까운 너라면 별문제는 없을 거야.

"귀자 씨께서는 같이 안 가시고요?"

얘가 제정신이니? 내가 가면 당연히 문제가 크게 터지지. 그게 사람들이 원하는 결말은 아니잖아.

〔 **6** 〕

저는 구 사장님으로부터 받은 열쇠로 리얼돌 24시간 체험방의 문을 열고 들어갔습니다. 가게 안은 여전히 인공적인 단내와 함께 환기가 되지 않은 공간 특유의 텁텁한 냄새가 났습니다. 이를테면 소독약 위에 시럽을 덧씌운 것 같다고나 할까요.

"실례합니다."

저는 건물 안까지 들리도록 낮은 목소리로, 가능한 한 정중하게 인사했습니다. 그러자 방 곳곳에서 간호복, 경찰복, 간수복, 메이드복, 저로서는 도무지 짐작조차 가지 않는 다양한 복장을 차려입은 인형분들이 걸어 나와 저에게 다가오셨습니다.

인형들의 대열의 맨 앞에는 인조가죽으로 된 끈을 묶고 망사 스타킹을 신은 인형이 계셨습니다. 아마 이 인형이 인형들의 대표가 아닐까 싶었습니다. 저는 인형들에게 꾸벅 인사를 하고는 주머니에서 구 사장님으로부터 받은 명함을 꺼내 가죽옷 인형에게 건네드렸습니다.

"저는 이 빌딩의 건물주인 구철현 사장님으로부터 여러분에게 퇴거 요청을 대신 통보해달라는 부탁을 받은 인동이라고 합니다. 상세한 안내를 드리고자 하는데, 잠시 시간을 내주실 수 있으신가요?"

가죽옷 인형은 명함을 살펴보고는 뒤에 서 있는 다른 인형들에게도 한번 봐보라는 식으로 돌리셨습니다. 다음으로는 다 같이 앉을 수 있게 저를 로비로 안내하셨습니다.

저는 로비 의자에 앉아 리얼돌 24시간 체험방의 인형들에게 구 사장님이 왜 퇴거 요청을 하게 되셨는지, 왜 또 저에게 이 업무를 대리하게 되셨는지, 마지막으로 인형들이 이곳을 떠나갈 수 있는 곳들로는 어떤 곳들이 있는지에 대해 안내를 해드렸습니다. 인형들은 차분히 앉아 저의 설명을 경청하셨습니다. 과연 귀자 씨께서 말씀해주신 대로 저주에 걸린 인형들은 별문제가 없었습니다.

〔 **7** 〕

"다녀왔습니다."

어, 왔니.

귀자 씨께서는 냉장고에 앉아 아이패드 화면에 몰두하신 채 손을 흔드셨습니다. 저는 겉옷을 벗어서 옷장에 걸어두고 손을 씻은 다음에 편한 복장으로 갈아입은 뒤 간단한 간식을 꺼내고는 귀자 씨 옆에 앉았습니다. 귀자 씨께서는 〈이즈 잇 케이크〉를 보고 계셨습니다.

〈이즈 잇 케이크〉는 마이키 데이가 진행하는 제빵 대결 시리즈입니다. 도전자들이 실물과 구별이 되지 않는 케이크를 만들면 심사위원들이 자신이 마주한 것이 실물인지, 아니면 실물인 척 위장하는 케이크인지를 맞추는 프로그램이지요. 먹을 것 갖고 장난치는 서구 사람들다운 내용입니다.

"인형분들을 바래다드렸습니다."

잘했어.

"궁금한 게 있습니다. 어째서 인형들은 구 사장님이나 준상 씨를 덮쳤으면서 저는 내버려두셨나요? 그리고 귀자 씨께서는 무엇에 근거해서 이렇게 되리라고 짐작하셨습니까?"

〈이즈 잇 케이크〉에서는 장난감 모양대로 케이크를 만드는 장면이 나오고 있었습니다. 체스보드를 만들고 고무 오리 인형을 만들고 진짜 장난감과 케이크를 구분하느라 정신이 없는 와중이었습니다. 귀자 씨께서는 애초에 이 프로그램에 별 흥미가 없으셨는지 시선을 돌려서 저를 바라보았습니다. 뭘 그런 것까지 물어보냐는 눈빛으로요.

인형에 걸린 주술은 언령을 통해 그 정체성을 증폭시키는 힘이 담겨 있었어. 하지만 '리얼돌'이라는 단어가 그 정체성을 뒤흔들고 말았지. 성욕을 푸는 도구로써가 아니라 성욕을 푸는 인간으로서 여겨지는 '리얼'한 인형이 되어버린 거야.

118

"그게 왜 리얼한 인형이 준상 씨나 구 사장님을 덮치셨던 이유가 됩니까?"

그것이 그 사람들이 여기는 진짜 여자, 말하자면 실제 여성의 본질이었으니까.

아이패드 화면 안에서는 진행자가 식칼을 들고 고무 오리 인형을 자르려고 했지만 인형의 탱탱한 고무 표면이 칼을 도리어 튕겨내며 뀨잉 하고 소리 내는 장면이 나오고 있었습니다.

원래 주술을 건 사람의 의도는 인형의 힘을 끌어내서 더욱더 성적인 욕망을 풀기 좋은 도구로 만들고자 했던 것이겠지. 하지만 리얼이라는 키워드로 인해, 인형들은 리얼돌 24시간 체험방에 온 고객이 기대하는, 포르노 업계에서 요구하는 가상의 여성상을 재현하는 것이 아니라 인형을 마주 보는 인간들이 진짜 여성이라면, '리얼한' 여성이라면 이럴 것이라 여기는 행동을 재현하고 말았던 거야. 둘 다 고생해도 싼 양반들이야.

"준상 씨는 실제 여성이라면 자기를 공격하는 게 당연하다고 생각했겠군요."

리얼돌 24시간 체험방을 만든 데에도 그런 이유가 있었기가 쉽지.

"구 사장님은 실제 여성이라면 자기 돈을 뜯어낼 거라고 생각하셨고요."

새삼스러운 이야기지.

준상이라는 분에 대해서는 잘 알지 못하지만 구 사장님은 평소에도 농담인 척 위장하기는 하였으나 여성은 남성들의 등골을 빼먹기 위해 태어났다는 식의 말씀을 자주 하시고는 했습니다. 귀자 씨를 섬기는 태도가 공손하고 깍듯하기는 하였으나, 이 또한 귀자 씨께서 워낙 영험하셨기에 나온 존경이었을 뿐이었습니다.

귀자 씨께서는 이 정도면 설명이 다 되었다고 여기셨습니다. 그렇지 않고서야 아이패드에서 넷플릭스 앱을 멈추고는 화제를 다른 쪽으로 돌리실 분이 아니었으니까요.

인형들은 어떻게 했어?

"바다까지 데려다드렸습니다."

바다? 왜?

"인형분들은 고무와 플라스틱으로 만들어져 인간 사회에서는 경원시 될 것이 분명하지 않습니까. 그렇다면 세간의 눈에 띄지 않는 곳으로 모셔야만 할 텐데, 대여창고나 컨테이너 등에 가만히 계시라고만 하기에는 그분들을 존중하지 않는 듯하였고요."

그게 왜 리얼돌이 바다로 가게 된 이유야?

"얼마 전에 〈플라스틱, 바다를 삼키다〉를 귀자 씨와 함께 시청하지 않았습니까. 해양오염 문제의 심각성이야 다들 알고 있고요. 마침 리얼돌 24시간 체험방의 인형분들은 바닷물에도 상하지 않으면서 지치지도 않는 육신을 갖고 계시니, 그분들이 바닷속을 떠돌며 쓰레기를 분리수거하고 플라스틱 고리에 목이 낀 거북이나 코에 빨대가 꽂힌 돌고래를 구해주면 어떨까 하는 아이디어가 떠올랐습니다. 인형분들에게 혹시 이런 방향으로 세상에 도움을 주시면 어떻겠느냐 여쭈니 다행히도 흔쾌히 수락해주셨습니다. 그래서 인형분들을 바다로 모셔다드렸고요."

귀자 씨께서는 저의 이야기를 듣더니 깔깔 웃으면서 무릎을 치셨습니다. 어찌나 신이 나서 웃으시던지 눈가에는 눈물까지 송골송골 맺힐 정도였습니다. 저는 이게 그렇게 우스운 일이었나 의문이 들긴 했습니다만, 어쨌든 귀자 씨께서 불편하게 여기시지 않았다는 것만으로 만족하기로 했습니다.

물론 저도 리얼돌 24시간 체험방의 인형분들에게 무리한 요청을 드린 것이 아닐까 염려하기는 했습니다.

하지만 바다에 도착해서 인형분들을 내려드렸을 때, 그분들은 딱히 불쾌하거나 귀찮다는 표현은 하지 않았습니다. 발성기관이 없어서는 아닐 겁니다. 그냥 묵묵히 하면 좋겠다 싶은 일을 하고자 바다를 향하셨을 뿐이었으니까요.

죽음을 모르고 부패할 수도 없는 우리의 피조물들이 서로를 구원하기 위해 영원토록 바다를 떠돌게 하였구나. 못됐기는. 마음에 든다.

"그렇습니까?"

응. 이기적이고 좋아.

무슨 뜻인지는 모르겠으나 귀자 씨께서 만족하셨다는 것만은 느껴졌습니다. 귀자 씨께서는 별다른 말없이 다시 넷플릭스를 켜서 〈이즈 잇 케이크〉를 재생하셨습니다. 저도 가져온 간식을 먹으면서 귀자 씨와 영상을 시청하였습니다.

〈이즈 잇 케이크〉의 전편을 다 감상한 뒤, 저는 오늘 치 일은 다 정리되었다고 보고 자리에서 일어났습니다. 그렇게 재미난 시리즈는 아니어서 저나 귀자 씨나 여기에 대해 따로 수다를 떨 생각이 없었기 때문입니다. 귀자 씨께서도 아이패드를 바닥에 내려놓으셨고요. 그러고는 문득 떠오른 것 같은 질문 하나를 던지셨습니다.

인동. 너에게 있어 여성이란 무엇이기에 너의 여성관이 반영된 인형들이 잠자코 바다로 떠난 것 같아?

"글쎄요. 짐작이기는 합니다만 제가 요 몇 달은 귀자 씨가 아닌 다른 여성들과 교류가 없던 점을 감안하면 귀자 씨의 이미지가 가장 많이 반영되지 않았을까 싶기는 한데요."

너야말로 고생 좀 세게 해야 할 팔자라니까.

저는 그제야 발길을 멈추고는 귀자 씨에게 미처 묻지 못했던 질문을 건넸습니다. 만약 제가 혼자서가 아니라 귀자 씨와 리얼돌 24시간 체험방에 함께 갔다면 어떤 일이 일어났을지, 귀자 씨께서는 만족하겠지만 사람들이 원하지는 않을 그 결말이 무엇인지에 대한 질문을 말입니다.

귀자 씨께서는 저의 뒤늦은 질문에 대꾸하기도 귀찮다는 듯이 코웃음을 치고는 이렇게 말씀하셨습니다.

글쎄. 네 생각에는 원본이 착취적인 형태로 모방된 복제품을 만났을 때 어떤 관계를 맺어야 좋을 것 같으냐?

"아…."

피와 뼈 그리고 내장이 많이 나왔을 거야. 원본과

복제품이 아닌, 모방한 사람들의 것으로.

귀자 씨께서는 냉장고의 문을 닫으셨습니다. 저는 방으로 돌아가서 침대에 누웠지만 오래도록 잠들지 못했습니다.

유치원을 나온 사나이

〔 **1** 〕

넷플릭스, 왓챠, 디즈니플러스, 티빙, 웨이브, 아마
존 프라임, 쿠팡 플레이, 애플 TV, 라프텔⋯ 우리 또
가입해야 할 게 있나?

"모르겠습니다."

가입한 서비스만 열 개는 되는데 보고 싶어서 찜
해놓은 작품들이 각 서비스마다 200편씩은 되잖아.
하루에 한 편 보더라도 2000일을 봐야만 해. 넷플릭
스의 라이벌이 잠이라는 게 괜한 소리가 아니다, 진짜.

"다달이 추가되는 작품들도 있지요."

다달이 공개 기간이 끝나기 전에 봐야 하는 작품
들도 있고.

"다시 보고 싶은 작품들도 있고요."

저작권 기한이 풀려서 유튜브에 올라오는 고전 작품들도 있고.

"외국에만 공개되어서 VPN 우회해서 보기로 한 작품들도 있어요."

리부트 혹은 리퀄되는 작품들도 있고.

"해외에 판권이 팔려서 리메이크되는 작품들도 있습니다."

영화가 아니라 드라마 시즌까지 합치면 더 늘어나.

귀자 씨께서는 한숨을 길게 내신 뒤 이렇게 말씀하셨습니다.

이러다 성불은 언제 하니?

〔 **2** 〕

저는 테이블 위에 놓인 그림을 뚫어지게 바라보았습니다. 그림 속에 그려진 인물은 체구가 집보다도 커다랬습니다. 또한 이 커다란 귀와 입 그리고 이빨을 가지고 두 발로 서 있는 맹수의 목줄을 쥐고 있었지요. 그리고 하늘에는 타오르듯이 붉게 물든 거대한 얼굴이 모든 것을 감시하고 있었고요.

"이 그림은 유리가 그린 건데요. 강아지와 노는 모습이에요. 해바라기 반에서 가장 잘 그리는 아이예요."

"그렇군요. 인물들 밸런스가 좋네요."

"여기에도 있어요. 이 사람을 그린 그림이."

길영 선생님은 근심 가득한 표정으로 그림의 한구

석을 가리켰습니다. 과연. 그곳에는 그림의 중심에 그려진 사람보다 작은(하지만 여전히 집보다는 큰) 누군가가 그려져 있었습니다. 아이들의 그림다운 느낌이었습니다.

저는 카페의 다락방에 산더미처럼 쌓인 다솜 유치원 원아들이 그린 그림들을 다시 훑어보았습니다. 모두 유리 학생의 그림과 똑같은 사람이 그려져 있었습니다.

길영 선생님은 다솜 유치원의 3년 차 교사이자 오늘 저희 카페의 '기이하거나 으스스한 이야기' 서비스를 신청한 손님이십니다. 이분의 사연은 바로 다음과 같습니다. 길영 선생님이 담당하고 계신 다솜 유치원 해바라기 반의 아이들이 그린 모든 그림에 항상 정체불명의 인물이 그려져 있다는 것이었지요.

물론 백 명의 화가가 있으면 백 명의 화풍이 있는 법이고, 아이들의 그림에도 동일한 인물을 가늠할 힌트가 그렇게 많지는 않았습니다. 하지만 단 하나의 단서가 이 아이들의 그림에 그려진 인물이 동일 인물임을 보여주고 있었습니다.

"왜 아이들은 하나같이 자기가 그린 그림에 기하학적인 문양의 옷을 입은 사람을 그려 넣은 걸까요?"

"기이하군요."

"아이들에게 물어봐도 아이들은 자신이 왜 이런 그림을 그렸는지도, 이 문양이 무엇인지도 대답하지 않아요."

"으스스하고요."

길영 선생님은 저희 카페의 단골손님이신 세진 씨의 사촌 언니입니다. 세진 씨께서는 예전 에어 강아지 사건 이후로 주변에 염려되는 일이 있을 때마다 저희 가게를 소개해주시고는 하셨고, 길영 선생님 역시 그런 인연으로 저희 가게를 찾아오신 분입니다.

저는 다시 한번 그림 속 기하학적인 문양을 바라보았습니다. 이 문양을 본 것은 이것으로 네 번째였지요. 처음에는 귀자 씨를 살인한 남자의 뺨에 새겨진 문신에서. 다음으로는 에어 강아지 사건 때 담벼락에 그려진 낙서에서. 그다음으로는 체험방 사건 때 인형의 입안에서.

이렇게나 반복되면 이것은 우연이 아닌 필연이지 않을까요. 저는 조심스레 길영 선생님에게 몇 가지 질문을 더하기로 했습니다.

"혹시 아이들이 좋아하는 애니메이션이나 게임에 나오는 문양이거나 하지는 않을까요?"

"그건 아니에요. 직업이 직업인지라 어지간한 작품들에 대해서는 다 알고 있는데, 이 비슷한 문양을 다룬 작품은 없어요."

"아이들이 똑같은 인물을 그리기 시작한 것 외에 다른 이상한 일은 없었나요? 아이들에 대해서나, 유치원에 있어서나."

길영 선생님은 첫 번째 질문에 대해서는 즉답을 하셨으나, 두 번째 질문에 대해서는 생각에 깊이 잠겨 근래 있었던 일들을 떠올리고 또 연결 지어보려고 하시는 모양이었습니다.

"아이들이 잠을 잘 자요."

"그건 이상한 일입니까?"

"아마도요."

〔 **3** 〕

"인동 씨. 아이들과 관련된 괴이 현상은 위험합니다."

"아이들과 어른들의 차이는 무엇입니까, 회장님?"

"아이들의 믿음은 무조건적이고 무제한적이며 무규칙적입니다."

"어른들은 다른가요?"

"구체적으로 말씀드리자면 이렇습니다. 어른들은 이미 세뇌된 채 살고 있어서 새로이 세뇌를 걸기 어렵습니다. 하지만 아이들은 아직 세뇌되지 않은 면이 있어서 누군가가 조종하기 쉽습니다. 그리고 아이들과 관련된 현상에 이런 누군가의 개입이 있다면 이는 어른들과 관련된 현상에 비해 더욱 맥락과 의미를 해석

하기 어렵기 쉽습니다."

길영 선생님이 귀가하신 후, 저는 곧장 귀보동 회장님에게 전화를 걸어 이번 사건에 관해 상담을 부탁드렸습니다. 귀보동 회장님은 평소보다 더 신중한 목소리로 제가 사건에 개입하는 것을 만류하셨습니다.

하지만 유치원에 한번 방문해달라고 하는 길영 선생님의 요청을 거절하고 싶지는 않았습니다. 아이들과 관련된 일이니까요.

아이들이 쉽지 않은 것은 맞지. 하지만 아이들이 무규칙적이거나 하지는 않아. 오히려 더 규칙적이라 어렵지.

"그런가요?"

응. 이 그림들을 봐. 아이들이야말로 상식에 얽매이지 않고 창의적이라고들 하지. 어른들 그림 사이에 이 그림 한 장을 놓으면 그렇게 보일지도 몰라. 하지만 아이들 그림을 모아놓으면 다 비슷해 보이지 않아? 뇌의 발달 과정에서 사물을 인식하는 방식 그대로 그림을 그리기 때문이야.

귀자 씨 또한 아이와 관련된 심령현상에 대해 경계하셨습니다. 귀자 씨께서는 제가 통화를 하는 사이 옆에서 길영 선생님으로부터 받은 그림을 살펴보고 계셨습니다.

아무래도 귀자 씨를 살해한 범인 또한 이 문양의 문신을 하고 있었던 만큼, 또 근래 있었던 몇몇 사건들에서 비슷한 문양이 발견되었던 만큼, 저나 귀자 씨 둘 다 이 상황이 염려되기는 매한가지였습니다.

"규칙적이면 더 어렵습니까?"

응. 자기들의 규칙이 단순하지만 명확하고 그래서 확고하니까. 봐봐. 프로 일러스트레이터라면 여기에서 손가락을 네 개나 세 개 정도로 생략해서 그릴 거야. 하지만 아이들은 그러지 않지. 꼭 다섯 개를 그려야 해. 신발을 신어서 가려질 발에도 꼭 발가락을 그려. 이런 확고함을 무너뜨리지 않고서는 해결도 어려워.

"아… 그 말대로군요."

어떤 면에서 아이들은 어른들이 보기에 이해하기 어려운 존재인 것은 맞아. 그걸 무서워하는 어른들이 많은 것도 맞고.

"알 것 같습니다. 호러 영화 중에는 악마에 홀린 아이들이 등장한 작품도 많지요."

하지만 그 작품들 잘 봐보라고. 악마에 씐 아이들의 이야기는 사실 실패한 양육자의 책임전가야. 저번에 오은영 박사가 나온 〈금쪽같은 내 새끼〉를 같이

봤잖아? 그 에피소드랑 〈엑소시스트〉와 큰 차이가 있었어?

"없었어요."

맞아. 그저 시점의 차이만 있을 뿐, 〈엑소시스트〉와 〈금쪽같은 내 새끼〉는 동일한 이야기를 하고 있어. 어른의 눈으로 보면 캐리지만 아이의 눈으로 보면 마틸다지.

귀보동 회장님과 귀자 씨, 제가 심령적인 영역에서 가장 의지하는 두 분의 의견이 일치하니 염려하는 마음도 커졌습니다. 이렇게나 경계하고 걱정하는 경우는 귀자 씨를 모시게 된 뒤에 처음으로 있는 일이었으니까요.

아무래도 이번 사건은 누군가가 다칠 수도 있고 목숨이 위험할 수도 있는 그런 정도의 일인 것 같았습니다. 어딜 보더라도 손해보는 일일 가능성이 높았습니다.

언제 가?

"지금요."

〔 **4** 〕

　저는 귀자 씨와의 대화를 마친 뒤, 홀로 다솜 유치
원으로 향했습니다. 저녁이 다가오기는 했지만 이 근
방의 유치원은 다 야간반까지 운영하고 있기에 별문제
는 없었지요.

　다솜 유치원은 위치한 건물의 꼭대기인 5층에 입주
해 있었어요. 제가 염려했던 것과 달리 영적으로나 환
경적으로나 별문제는 없어 보였습니다. 아니, 오히려
이 동네에서는 보기 드물 정도로 청결하고 안정적인,
숨쉬기가 편한 장소에 가까웠습니다.

　"주문하신 과자와 케이크입니다."

　"감사합니다. 어서 들어오세요."

길영 선생님은 유치원의 문을 열고 저희를 반겨주셨습니다. 저는 일단 학생들의 간식을 배달하러 온 카페 사장님의 역할로 유치원에 방문했습니다. 저를 신령님을 모시고 영적 문제를 살피러 온 비전문가 상담사로 유치원의 다른 선생님들이나 학부모에게 소개할 수는 없었으니, 나름 유용한 변명이었지요.

"아이들은 지금 잠깐 두 번째 낮잠을 자는 시간이에요. 아이들이 활동량이 많다 보니까 야간반 아이들은 쉬는 시간 겸 길게 잠을 자기도 하거든요. 한번 둘러보시고 차 한잔이라도 같이 해요."

"아이들이 깨지는 않을까요?"

"오늘은 모처럼 원장님이 계신 날이라, 원장님이 돌봐주실 거예요."

저는 고개를 끄덕이고는 조심스레 유치원의 교실을 둘러보았습니다. 교실 역시 건물과 마찬가지로 문제가 될 만한 요소는 없었습니다. 오히려 학부모들을 위한 CCTV가 곳곳에 설치되어 실시간으로 영상을 송출 중인지라, 무언가 이상하거나 위험한 일이 일어나도 어른들이 못 알아볼 것 같지는 않았습니다.

길영 선생님과 저는 교실을 쭉 둘러본 뒤 휴게실로 가 잠시 티타임을 갖기로 했습니다. 길영 선생님이 끓

여주신 차는 상당한 고급품이었습니다. 아무래도 취향이 있는 분이 고른 물건이 아닐까 싶은, 은은하고 깊은 향이었습니다. 길영 선생님이 찻잎은 원장님이 외국에서 손수 사 오셨다고 하셨습니다. 저는 감사의 인사를 한 뒤 잠시 차향을 즐겼습니다.

"원장님이나 학부모님들도 아이들이 같은 인물을 그리고 있는 상황을 알고 계신가요?"

"아니요, 일단은 저만 알고 있어요."

"당장은 별문제를 느끼지 못하겠습니다. 아이들도 건강해 보이고요."

길영 선생님의 표정은 크게 안심한 듯 구겨졌던 미간이 펴지고 굳은 입가도 풀어졌습니다. 하지만 전 아직 본론을 꺼내지 않았습니다.

"문제가 없다는 것이 문제입니다. 이곳은 이상하리만치 고요해요. 옆 건물과 비교해도 으스스할 정도로 비어 있어요. 마치 사막 한가운데에 세워진 온천장 같다고나 할까요? 인위적인 청결함이 주는 특유의 위화감이 있다고나 할까요? 그 원인이 무엇인지를 알아야겠습니다."

"그렇다면 어떻게 해야 할까요?"

"우선 CCTV를 확인하고 싶습니다. 물론 저에게는

그럴 권한이 없고 사생활 침해의 우려가 있으니, 길영 선생님이나 권한이 있는 다른 분들이 영상을 확인하신 후 문제가 보이면 저에게 알려주시면 좋겠습니다."

"아, 저 CCTV…."

길영 선생님은 말끝을 흐리셨습니다. 저는 그 침묵에서 불길한 메시지를 읽고 말았습니다.

"무슨 문제가 있나요?"

"저 CCTV는 장식용이에요."

"학부모님들도 그 사실을 아시나요?"

"아니요. 녹화된 영상을 돌려서 송출하거든요."

"그러면 안 되지 않습니까?"

"원장님 명령이라…."

〔 **5** 〕

어쩌기로 했어?

"다시 가서 아이들에게 직접 물어보기로 했어요. 가능하다면 최대한 빨리, 당장 아이들과 이야기를 하고 싶었습니다만, 이런 인터뷰는 다솜 유치원의 원장이 없는 오후 시간에 진행하는 편이 좋겠다고 생각했습니다."

그나저나 유치원에 야간반이라니. 그런 시대가 되었구만.

"야간반이라고는 해도 대단한 일을 하는 건 아니고, 원장 혼자서 애들 밥 챙겨주고 재우는 정도의 일만 한다더군요."

다솜 유치원에서의 티타임을 마친 뒤, 저는 곧장 집으로 돌아와 귀자 씨를 뵈었습니다. 원장의 눈길을 피해 일을 진행하기로 한 만큼 본격적인 조사는 뒤로 미뤄질 수밖에 없었고, 다음 조사까지 최대한 많은 일을 정리하고 싶었기 때문입니다.

귀자 씨께서는 냉장고에서 걸어 나와 제 옆에 서서 제 얼굴을 바라보셨습니다. 그 표정에는 약간의 미동도 없었지요.

알았어. 그때는 나도 같이 가자.

"괜찮으시겠습니까?"

응. 신탁을 받은 일이 아니기는 하지만 왠지 같이 가야만 할 것 같아. 그냥 느낌이 그러네.

저는 고개를 돌려 거실의 TV에서 재생되고 있는 넷플릭스 화면을 바라보았습니다. 저희가 그토록 기다리던 〈츠키노우타〉의 세 번째 에피소드가 진행 중이었습니다.

"밀린 작품들은 어쩌시고요? 하루에 한 편씩 해도 2천 편이잖아요."

요즘 말이야. 보려고 체크해놓은 작품은 많은데 보고 싶은 작품은 없어. 그 마음 알아?

"알 것 같기도 합니다."

무엇보다….

"네?"

〈츠키노우타〉는 도통 예전 시리즈에 비교하면 영 동력이 떨어진다는 말이지. 제작 기간 때문에 CG도 어색하게 만들어진 경우도 자주 나오고. 요즘 OTT는 자본의 문제인지, 아니면 이제까지 발전시켜온 것들에 대한 반동인지 퀄리티가 예전만 하지 않은 경우가 너무 많다.

〔 **6** 〕

"저는 브레드 이발소가 좋아요."

"포켓몬스터요."

"뽀로로는 애들만 보는 거예요. 그런데요 이건 비밀인데요. 저는 아직 뽀로로를 봐요."

"토토로!"

"티니핑이 제일 좋아요."

"엘사. 겨울왕국."

다음 날, 저는 또 과자와 케이크를 싸 들고 다솜 유치원으로 갔습니다. 길영 선생님께서는 오늘은 원장이 야간반 시간까지 자리를 비운 날이라며 저(와 귀자 씨)에게 아이들과 이야기를 나눌 시간을 주셨지요.

우선 아이들과 친해질 겸, 아이들이 좋아하는 작품이 무엇인지에 대해 이야기를 나누었습니다. 아무래도 친분을 쌓기에는 취미에 대해 떠드는 것만큼 빠른 방법이 없으니까요.

"괴도 똥방구요!"

한 아이가 〈쏴라! 괴도 똥방구〉 이야기를 꺼내자, 다른 모든 학생이 자지러지게 웃으면서 박수를 치며 즐거워했습니다. 과연. 얼마 전 뉴스를 보다 이 작품이 아이들 사이에서 큰 인기를 끌고 있으며 요즈음 넷플릭스 키즈에서도 항상 상위권에 올라가 있다는 이야기를 들은 바 있었습니다.

다솜 유치원의 원생들도 이 유행에서 예외는 아닌 것 같으니, 전 이 작품으로 아이들과의 친분에 물꼬를 틀고자 했습니다. 좋아하는 작품 다음으로는 좋아하는 캐릭터 이야기를 하는 것이 그 수순이니까요.

"〈쏴라! 괴도 똥방구〉에서는 누구를 가장 좋아하세요?"

"변기 회장이요!"

"프린세스 피요."

"괴도 똥방구."

"두루마리 탐정!"

"뚫어뻥 경감!"

〈쏴라! 괴도 똥방구〉에 등장하는 다양한 캐릭터들의 이름이 쏟아졌습니다. 모두 신이 나서 누가 자기가 좋아하는 캐릭터인지, 왜 그 캐릭터를 좋아하는지, 얼마나 많은 캐릭터 티셔츠나 신발을 갖고 있는지, 언제 어디에서 〈쏴라! 괴도 똥방구〉를 보게 되었는지를 입체 돌비 서라운드 뮤직으로 들려준 것입니다.

아이들은 이제 신이 나서 〈쏴라! 괴도 똥방구〉의 주제가를 합창하기 시작했습니다. 똥똥똥? 방구방구방구! 똥똥똥? 방구방구방구! 저와 귀자 씨는 아이들이 흥분을 가라앉히기 전까지 잠시 둘만의 대화를 나누었지요.

"아이들이 진심으로 똥을 좋아하는군요."

당연하지. 똥은 아이들이 일상적으로 접하는 죽음의 이미지잖아. 이 나이 또래의 아이들은 똥을 통해 죽음을 배우거든.

"똥과 죽음에 무슨 연관이 있나요?"

똥은 나의 일부가 죽어서 떨어져 나간 것이니까. 아까까지 나의 일부였지만 이제는 아니게 된. 그런 의미에서 배변은 원초적인 형태의 죽음이라고 할 수 있어. 우리는 이제 더 이상 살아 있지 않게 된 나의 일

부를, 나의 잔여물을 바라보며 나 자신이 아직 살아남았다는 사실을 실감하는 거지.

저는 귀자 씨께서 하시는 이야기를 들으면서 저의 어린 시절이 자연스레 떠올랐습니다. 당시 저는 부모님이 죽으면 어떻게 되는지에 대해 오래도록 집착하고는 했었거든요.

반대로 아이들은 잠드는 것을 싫어하지. 너도 그러지 않았어? 더 놀고 싶은데, 더 깨어 있고 싶은데 너무 졸려서 어느새 잠들었던 적 없어?

"있습니다. 사실 요즘도 가끔은 그러고요."

그야말로 죽음과 그에 맞서는 삶 자체 아니냐? 조금이라도 더 살아 있고자 발버둥 치지만 결국은 종국을 맞이하잖아.

"아⋯."

이런 점에서 잠은 똥보다도 더 직접적인 죽음의 이미지야. 똥이 부분적인 죽음의 체험이라면 잠은 일시적인 죽음의 체험이니까. 의식의 연속성이 끊어진다는 점에서 죽음과 잠 사이에는 큰 차이가 없어. 그렇기 때문에 아이들은 잠들기를 싫어해. 잠을 받아들이면 언젠가는 삶이 끝나고 내가 정지한다는 사실도 받아들여야만 하거든.

아이들은 어느새 노래를 마치고서 〈쏴라! 괴도 똥방구〉에서 자기가 좋아하는 캐릭터가 가장 멋진 이유가 무엇인지를 두고 열띤 격론을 펼치기 시작했습니다. 저는 아이들이 주장을 나누는 사이 준비해놓은 스케치북에 얼핏 보면 소프트아이스크림을 닮은, 사실은 똥과 방귀의 만화적 표현을 합쳐놓은 그림을 그렸습니다.

"와! 똥방구 마크다!"

"맞아요."

제가 그린 그림은 괴도 똥방구가 보물을 훔치겠다고 보내는 예고 편지에 그려진 괴도 똥방구만의 특별한 사인이었습니다. 아이들은 제가 그린 똥방구 마크를 보고서 한층 더 신이 났고요.

저는 스케치북에서 똥방구 마크가 그려진 종이를 뜯어 아이들에게 건네주었습니다. 그리고 다음 페이지에다 기하학적인 문양을 그린 뒤 아이들에게 보여주었습니다.

"그러면 이 마크가 무엇인지 아는 사람도 있습니까?"

네. 제가 그린 기하학적 문양은 아이들이 그린 그림마다 그려져 있는, 일련의 사건마다 마주쳤던 그 문양이 맞습니다. 하지만 아이들은 똥방구 마크에 대해 이

야기를 할 때와는 달리 우물쭈물하며 대답하기를 주
저했습니다. 하긴, 이 정도 질문으로 알게 될 일이면
길영 선생님이 저를 찾아오실 일도 아니었겠지요.

"비밀인데…."

"비밀?"

"응. 비밀…."

방금 비밀이라는 단어를 입에 머금었던 아이가 화
들짝 놀라 두 손으로 입을 가렸습니다. 저는 아이에게
무엇이 비밀인지 물어보려고 했으나 귀자 씨께서 눈빛
으로 제지하셨습니다.

비밀이 뭐냐고 물어보면 안 돼.

"음."

*비밀을 아는 사람끼리는 비밀이 아니니까 괜찮다고
말해.*

"비밀을 아는 사람끼리는 비밀이 아니니까 괜찮습
니다."

과연 귀자 씨의 조언대로 말하자, 아이들의 표정은
방금보다 한층 더 밝아졌습니다. 저를 순식간에 그들
그룹의 일원으로 인식한 모양이었지요. 비밀이라는 말
을 꺼낸 아이도 자신이 실수로 비밀을 밝히는 잘못을
저지른 게 아니라는 생각에 함박웃음을 지었고요.

유치원을 나온 사나이

"이 그림은 장미 사인이에요."

"장미 사인은 비밀 사인이에요."

"장미 사인은 장미 선생님이 만든 사인이랬어요."

"장미 선생님은 우리를 항상 지켜보고 있어요."

"우리가 부자가 되고 예쁘게 크려면 장미 선생님 말씀을 들어야 해요."

"그러지 않으면 가난하고 못생긴 사람이 된대요."

"장미 사인을 그리면 장미 선생님이 예뻐해줘요."

"장미 선생님은 바보들을 미워해요."

"바보들은 가난하고 못생긴 사람들이에요."

"장미 선생님은 꿈에서 만나요."

아이들은 순서를 가리지 않고 장미 선생이라는 사람에게서 들은 이야기를 말해주었습니다. 아무래도 장미 선생이라는 사람의 교육관과 인간관은 차별적이고 착취적인 요소가 다분해 보였습니다.

〔 **7** 〕

"장미 선생님은 아마 저번 달까지 일했던 장민혁 씨를 말하는 것 같아요. 그 사람 SNS 아이디에는 다 장미가 들어 있거든요."

아이들과의 대화를 마친 뒤, 저는 길영 선생님에게 지금까지 조사한 내용을 정리해서 전달했습니다. 길영 선생님께서는 제가 어떻게 장민혁 씨에 대해 알아냈는지 놀란 표정을 지으셨고요. 동시에 일련의 사태가 이 장민혁이라는 사람과 연관이 있을지 모른다는 저의 가설에 어딘가 납득하는 표정이기도 했습니다.

저는 장민혁이 누구인지에 대해 계속해서 추궁했습니다. 상황이 심상치 않다고 느꼈기 때문이었지요. 결국 길영 선생님은 폰의 사진첩에서 유치원 교사들이 함께 모여 찍은 사진을 한 장 보여주며, 그 안에서 어딘가 기름지게 생긴 한 남성을 가리키셨습니다.

"이 사람이 장민혁 씨예요. 뒤에 서 있는, 머리 벗겨진 분이 저희 원장님이시고요."

"장민혁이라는 분은 어떤 사람이었나요?"

"이상한 사람이었어요. 아이들이 잘 따르기는 했는데… 그게, 잘 따른다기보다는 이 사람의 비위를 맞춰준다고나 할까요? 뭔가 기분 나쁜 관계였어요. 학원 선생님들과는 사이가 좋지 않았지만요. 물품을 구입할 때 자기 아는 업체를 통해서만 사려고 한다거나 해서… 게다가 원아들의 부모님에 따라 아이들을 차별하기도 하고 자기 말을 듣느냐 안 듣느냐로 등급을 나눠서 반을 운영하기도 하고 문제 제기도 많이 나왔고요."

"그 사람은 어쩌다 유치원을 그만두게 되었지요? 유치원에서 무슨 사고라도 일으켰나요?"

"그게…."

길영 선생님은 잠시 양손으로 이마를 짚고 한참을 고심하셨습니다. 제가 다른 방향으로 화제를 돌릴까 고민하는 사이, 길영 선생님은 결국 입을 열고서 저의 질문에 대한 답변을 주셨습니다.

"다른 선생님들끼리는 장민혁, 그 사람이 원장님의 불륜 현장을 목격했던 것이 아니었을까 의심하고는 있어요."

"불륜이요?"

"네. 얼마 전에 다솜 유치원의 2호점이 개원하면서 원장으로 승진한 선생님이 있는데, 두 분 사이에 뭐가 있는지는 몰라도 뭐가 있는 것까지는 분명해서… 아, 이건 비밀이에요! 다른 데 가서는 말씀하시면 안 돼요. 학부모님들이 이런데 민감하시거든요."

길영 선생님은 제게 몇 번이고 꼭 다른 데 가서 발설하면 안 된다 당부하고 다짐을 받은 뒤에야 자세하게 이야기를 들려주셨습니다. 저야 다른 사람의 사정, 그것도 불륜이나 치정 같은 구질구질한 이야기를 듣고 싶은 마음이 없었습니다만, 사건을 해결하기 위해서 잠깐 인내하기로 했습니다. 어쨌든 아이들을 위한 일이었으니까요.

장민혁 씨는 하도 튀는 행동을 자주 했던지라 원장의 눈 밖에 난 모양이었습니다. 그런 와중에 원장이 편애하며 아끼던, 다른 선생들이 불륜 상대라고 의심하는 다른 선생과 원장이 한없이 데이트를 닮았지만 결코 데이트는 아닌 만남을 가지다가 장민혁 씨와 마주쳤고, 그 뒤로 둘 사이의 불화는 더 커졌다고 합니다. 저는 정말 제가 왜 이렇게까지 잡스러운 이야기를 들어야 하는지 싶어 참고 듣기가 어려웠습니다.

"결론만 말씀해주실 수 있을까요?"

"네? 네. 어쨌든 재판을 거네 마네 이야기가 나왔다가 학부모들이 알게 될 때 생길 문제 때문에 다들 만류도 하고… 별별 우여곡절 끝에 장민혁 씨는 유치원을 그만두게 되었어요."

"그걸로 끝인가요?"

"네. 장민혁 씨는 그만두는 날, 저희에게 '이곳 사람들 다 곱게 죽을 생각은 버리십시오.'라고 하고 나갔고요. 그때는 SNS를 너무 많이 하면서 과몰입한 사람들은 말투가 저렇게 되나 보다 생각하고 말았는데…."

〔 **8** 〕

아이들이 푹 잠든 것이나 영적으로 안정된 공간은 그 장민혁이라는 놈의 주술 때문이겠군.

"하지만 왜 저는 별문제를 못 느꼈을까요?"

악의를 가진 저주였다면 너도 위화감을 느꼈을 거야. 하지만 모든 주술이 곧 저주인 것은 아니잖아? 작은 기도도 주술의 일종이야.

"기도라고요?"

잠은 저주인 동시에 축복이니까. 생각해봐. 아이를 돌보는 보호자들이 자장가를 불러주고는 하잖아? 이건 아이들에게 잘 자라고, 푹 잠들라고 기원하는 무가(巫歌)이기도 하지.

저는 다솜 유치원의 근처 공원으로 가 탄산수 한 병을 사놓고 앉아 귀자 씨와 대화를 나누었습니다. 아무래도 아이들과 관련된 일인 만큼 사건이 더 커지기 전에 정리하고 싶었거든요.

밤의 공원은 적적하니 저와 귀자 씨 둘만 남아 있었습니다. 공원에서 놀아야 할 아이들은 집으로 돌아갔거나 유치원이나 학원의 야간반에 있을 시간이기는 하였지요.

"잠을 잘 자라고 기도해주었다면 그릇된 일은 아니겠지요. 비록 유치원에서 해고되었더라도 아이들을 생각하는 마음이 크다면 그런 기도를 할 수도 있으니까요."

맞는 말이기는 한데… 이 문양이 거슬려. 무엇보다 선생이나 원생들이 장민혁이라는 놈에 대해서 한 이야기를 종합해보면 그런 기특한 성질머리는 아닌 것 같은데?

"길영 선생님이 꾸며낸 이야기라고 하기에는 구체적이기도 했고 말이지요. 장민혁 씨가 요수의 인물이라는 의견에는 동의합니다만… 어떤 방향으로든 그 의도가 무엇인지 짐작할 근거는 아직 모자란 것 같아요."

직장 동료들에게 곱게 죽을 생각은 하지 말라고

저주를 퍼붓다가 정작 퇴사한 뒤에도 계속해서 아이들이 푹 잠들도록 기도를 한다는 게 어색하긴 하잖아.

하지만 저희의 급한 마음에도 불구하고 명확한 결론은 떠오르지 않았습니다. 이상한 사람이 이상한 일을 저지르는 것은 이상한 일이 아니지만 이상한 사람이 저지를 이상한 일을 왜 그리고 어떻게 저지르는지 짐작하기 쉽다면 그것이야말로 이상한 일일 테니까요.

아무래도 장민혁이라는 놈을 직접 찾아가보는 게 가장 빠르겠어. 그놈, 어디 사는지는 알아 왔어?

"퇴사하는 동시에 이사까지 해서 다솜 유치원에는 자료가 없다고 하더군요. 다른 루트로 알아보겠습니다."

신탁도 내려지지 않은 일이 의외로 복잡하네.

"죄송합니다. 보셔야 할 작품도 많이 밀렸는데….*"

너는 애가… 내가 뭐 넷플릭스 보느라 애들도 안 챙길 사람이라도 되는 것처럼…처럼?

귀자 씨께서는 눈을 크게 뜨시고는 머리를 긁적이셨습니다. 그런 뒤에는 이쪽으로 갸우뚱, 저쪽으로 갸우뚱 고개를 끄덕이면서 이런저런 생각을 떠올리시는 모양이었습니다.

빙고.

"네?"

빙고야. 넷플릭스의 경쟁자는 왓챠, 디즈니플러스, 티빙, 웨이브, 아마존 프라임, 쿠팡 플레이, 애플 TV, 라프텔이 아니야. 잠이지. 잠은 무언가를 보지 않게, 느끼지 않게 가로막는 것이기도 해. 잠은 저주인 동시에 축복이지만 어떤 축복은 사람을 옭아매고는 해.

"무슨 뜻이시지요?"

바보야. 답은 다 말해놓고선! 아이들 몰래, 유치원에 있는 사람들 몰래 저지를 일이 있다는 이야기야. 그 사람들이 잠든 사이에 무언가를 저지르겠다는 거지.

"…무슨 일일까요?"

모르긴 몰라도 안에 있는 사람들이 곱게 죽지는 못할 일은 아니었으면 좋겠는데… 이런.

귀자 씨께서는 조용히 손을 들어 하늘을 가리키셨습니다. 귀자 씨의 손가락이 가리키는 곳은 달도, 별도, 구름도 아닌 저 멀리서 피어오르는 연기였습니다.

저는 곧바로 자리를 박차고는 가능한 한 가장 빠른 속도로 달려 다솜 유치원으로 향했습니다. 다솜 유치원이 있는 건물에서는 맹렬하게 검은 연기가 치솟고 있었습니다.

그리고 그곳에는 매캐한 연기와 타오르는 열기만이

아닌, 강력한 저주의 기운 또한 가득했습니다. 영적인 면에서는 EBS 수준의 주파수만 느낄 수 있다는 평가를 받은 저조차도 이 상황이 문제라는 것이 느껴질 정도로, 긴급재난경보와 같은 불길함이 공간을 메우고 있었던 것입니다.

"불이야! 불이야!"

소리를 질러도 소용없어.

"네? 어째서입니까?"

지금 여기 걸려 있는 저주는 다양하지만 그중에서도 가장 강력한 건 인식방해 저주야. 내 힘도 가로막고 있어. 단순히 소리치는 정도로는 주변 사람들이 이 상황을 알아차리지는 못할 거라고. 119부터 불러!

귀자 씨께서 지적하신 것처럼 동네 이웃들 중 누구도 불이 났다는 사실을 느끼지 못한 것 같았습니다. 저는 119에 신고 전화를 건 뒤 문자까지 넣었습니다. 하지만 그사이에도 불길은 걷잡을 수 없이 커져만 갔습니다.

귀자 씨는 어떻게 하면 좋을지 머리를 쥐어짰지만 뾰족한 수는 없었습니다. 저도 두려움과 당혹 속에서 치솟는 불길을 바라보았습니다.

아이들. 아이들이 저 안에 있을 것이었습니다. 다솜

유치원은 저녁반도 운영하고 있으니까요. 그리고 아이들이 도망쳐 나오지 못할 상황이기도 했습니다. 장미 선생에 의해서 깊은 잠에 빠지는 저주에 걸렸으니까요.

"저… 다녀오겠습니다."

뭐? 야, 어딜 가?

"아이들을 구하러 가겠습니다."

전문가도 아닌 네가 불타는 건물에 가봤자 뭘 할 수 있는데?

"하지만… 아이들이잖아요."

귀자 씨께서는 저를 바라보며 무슨 말씀을 하시려다가 입에 머금었던 단어들을 다시 삼키셨습니다. 저를 향해 토해질 뻔한 내용이 무엇인지는 짐작하기 어렵지 않았습니다. 제게 귀자 씨밖에 없는 것처럼 귀자 씨에게도 저 하나뿐이었으니까요. 아마 반대 상황이었다면 저는 귀자 씨처럼 자제력을 발휘하지 못하고 그만 그 단어들을 입 밖으로 뱉어버리고 말았을 것입니다.

저는 잠시 가만히 서서 귀자 씨를 바라보았습니다. 그저 바라볼 수밖에 없었습니다. 비록 아주 짧은 시간이었지만, 그 짧은 시간조차 아까운 위태로운 상황이었지만, 저는 그래야만 했습니다.

귀자 씨께서는 결국 고개를 돌린 채 훠이훠이, 손을 휘젓는 것으로 저를 놓아주셨습니다. 저는 빠르게 목례하고는 건물 안으로 달려갔습니다.

〔 **9** 〕

건물 안은 타오르는 열기로 가득했습니다. 숨을 쉬기도 벅찼습니다. 아래층 건물의 가게는 대부분 닫았거나 사람이 없는 상황이었습니다. 어쩌면 위층의 계단에도 곧 불이 붙지 않을까 염려되었습니다. 아마 이화재는 이런 상황까지 겨냥한 음모일지도 모르겠다는 생각이 들었습니다.

간신히 5층에 올라보니 유치원의 문은 살짝 열려 있었습니다. 저는 서둘러서 안으로 들어왔습니다. 유치원 벽에는 아이들이 그린 그림이나 공작품들이 가득했고, 그것들은 대부분이 타기 좋은 물건들이었습니다. 몇몇 교실은 이미 불기운으로 가득했습니다.

불은 유치원의 주방을 중심으로 복도까지 붙었기는 했으나, 천만다행으로 아이들이 자고 있는 수면실까지는 아직 닿지 않은 모양이었습니다. 저는 짙은 연기에 눈이 매웠지만 서둘러서 수면실이 있는 곳까지 불길을 피해 달려가고자 했습니다.

하지만 그때, 어떤 방 안에서 움직이는 한 사람의 그림자가 보였습니다. 저는 누가 있는지 일단 확인하고자 그 방안으로 들어갔습니다.

"괜찮으세요? 호흡이 어려우시거나 다치시거나 한 상황입니까?"

"잠시만, 잠시만요. 제가 이것만 하고… 아이들을 부탁합니다."

저는 두 눈을 의심했습니다. 방 안에 있던 사람은 바로 길영 선생님이 보여주신 사진 속에 있던 그 사람, 다솜 유치원의 원장이었습니다. 야간반의 유일한 담당 교사였으니 이 시간까지 유치원에 남아 있었던 것입니다.

운 좋게도 그는 장민혁의 주술에 사로잡히지 않은 모양이었습니다. 그럼에도 원장은 화마가 유치원을 감싸고 있는 지금 이 순간에 황당하게도 그저 노트북이나 조작하고 있었습니다.

"지금 뭐 하시는 거지요? 아이들부터 구해야 합니다!"

"잠깐이면 되니까… 뭐 하세요? 저는 됐으니까 아이들 구하세요!"

"당신은 왜… 잠깐."

원장은 제가 모니터를 들여다볼까 봐 두렵다는 듯 손을 벌려서 화면을 가렸습니다. 하지만 저는 그 짧은 틈 사이로도 그가 왜 이런 시간 낭비를 하는지 알아차릴 수 있었습니다.

그는 다솜 유치원의 CCTV가 실은 그저 녹화된 영상을 되풀이하고 있을 뿐이라는 증거를 없애려고 하고 있었습니다. 아이들이 불에 타 죽을 위기를 목전에 두고서도 자신의 안위만을 걱정했던 것입니다.

저는 당장 그의 앞으로 가 노트북을 빼앗아 바닥에 던져버렸습니다. 플라스틱 조각들이 튀고 액정이 부러지는 소리가 났습니다.

"당장 아이들을 구하러 가세요."

"야, 너 지금!"

"저 안에 뭐가 들어 있고 당신이 왜 저걸 붙잡고 있는지 다 알고 있습니다. 그러니까 잔말 말고 어서 움직이세요."

저는 더 이상 그를 상대하고 싶지 않았습니다. 이

사람과 실랑이나 벌이면서 시간을 낭비할 수 없었기 때문입니다.

저는 수면실에 들어가 주술에 의해 잠든 채 일어나지 못하고 있는 아이들을 깨웠습니다. 몸을 겨눌 수 있는 아이 넷 정도를 일으키고 그러지 못한 아이 둘을 들쳐업었습니다.

원장도 뾰족한 수가 없었는지 저를 따라 수면실로 들어와서 아이 하나를 등에 업었습니다. 그는 저를 잠시 노려보았지만 급한 대로 일단 저를 따라서 아이들을 계단으로 인솔하였습니다.

어느새 계단까지 불길이 나기 직전이었지만, 어쨌든 지금 나온 아이들은 밖으로 내보낼 수는 있었습니다. 깨어 있는 아이들은 울면서 계단 밑으로 내려갔고, 아직 정신을 차리지 못한 아이들도 4층에다 내려놓아 연기와 열기를 피할 수 있게 해주었습니다.

남은 아이는 여섯. 저는 도망치려는 원장을 붙잡고서 어떻게든 다시 유치원 안으로 들어갔습니다. 하지만 제가 불길을 가로지르는 사이, 원장은 문밖으로 도망쳐버렸습니다.

저는 애초에 별 기대도 하지 않았기에 수면실을 향해 서둘렀습니다. 비교적 큰 세 아이는 깨우고, 작은

아이 둘은 한 손으로 품에 안은 뒤 빈손으로 한 아이
를 끌어당기면서 계단으로 향했습니다. 호흡이 가빠와
도 어떻게든 갈 수 있는 거리였습니다. 저는 간신히 아
이들을 문밖으로 내보낸 뒤, 그 뒤를 따라갈 힘을 내
고자 이를 악물었습니다.

"저기요. 죄송합니다."

하지만 저는 문밖으로 나가지 못했습니다. 그 앞에
서 기다리고 있던 다솜 유치원의 원장이 갑자기 저를
픽, 하고 거세게 들이박아 유치원 안으로 내동댕이를
쳐버렸기 때문이었습니다. 그는 지칠 대로 지친 제가
별다른 저항도 하지 못하고 바닥에 나뒹구는 모습을
확인하더니 문을 쾅, 닫고는 그 앞을 가로막았습니다.

아마 원장은 제가 그의 비리를 알고 있다는 사실에
겁을 먹고서 저를 불 속에 가둬두려고 한 모양이었습
니다. 저는 어떻게든 일어나 문을 열어보려고 했지만,
그가 어찌나 꽉 문고리를 붙잡고 있었는지, 또 저는 어
찌나 지쳤던지 몇 번 문을 걷어차는 것만으로도 기운
이 다해 그냥 바닥에 쓰러지고 말았습니다. 아무래도
여기까지인 듯싶었습니다.

"전부 제 잘못입니다. 제가 모자란 탓이에요."

원장은 풀 죽은 목소리로 저에게 거듭 사과했습니

다. 이런 식으로 사람을 죽일 것이라면 굳이 사과까지 할 필요는 없었을 텐데 말입니다.

"여기에는 그게… 어른의 사정이 있습니다."

마지막의 마지막까지 저는 그의 변명을 이해하지 못했습니다. 제가 아는 어른의 정의에는 맞지 않는 이야기였기 때문이었습니다. 저에게 있어 어른은 아이보다 먼저 죽는 사람입니다. 저는 그것이면 충분했습니다. 그렇게만 생각했습니다.

숨이 막혀 정신이 흐려지는 사이, 저는 귀자 씨에 대해서 생각했습니다. 만족스러운 완성도는 아니었어도 〈츠키노우타〉를 끝까지 같이 보지 못했다는 아쉬움이 남았습니다. 재와 불길로 호흡과 시야가 멎어가는 와중에는 오로지 그 기억만이 남았습니다.

〔 **10** 〕

염치도 없는 놈. 남 생각은 할 줄도 모르고.

정신을 차려보니 저는 병원에 입원해 있었습니다. 그리고 옆에서는 귀자 씨께서 앉아 볼멘소리로 저를 비난하고 계셨습니다. 아무래도 제가 죽지는 않은 모양이었습니다. 저는 온몸에 둘린 붕대 사이로 조심스레 눈동자를 굴렸습니다.

야, 어디 귀신을 속여? 정신 차린 거 알고 말을 건 거니까 너 대답이나 해.

"어떻게… 어떻게 되었습니까?"

귀자 씨께서는 콧방귀를 뀌셨습니다.

어떻게 되긴. 너 기절하고 사흘 지났지.

"아이들은요?"

애들은 괜찮아. 하지만 원장이라는 놈은 너 가둔 뒤에 옥상으로 탈출하려다 크게 다쳤고. 저기 중환자실에 있을 거다.

"다쳤다고요?"

그래. 원장이라는 놈은 백드래프트가 뭔지 몰랐던 모양이야. 닫힌 문을 연 바람에 밀폐되었던 공간에 산소가 확 들어와서 폭발이 일어난 거지. 아마 아이들보다 먼저 구급대원을 만나서 네가 갇혔다는 사실을 숨기려고 그랬던 것 같은데, 이제 평생을 죗값 갚으면서 살게 될 거다. 맞다. 너 〈분노의 역류〉는 본 적 있던가?

"없습니다."

놀랄 일은 아니지. 넷플릭스에도 고전 영화들이 좀 더 많이 올라와야 할 텐데 말이야. 계약기간도 길게 좀 잡고.

저는 고개를 들어 제가 얼마나 다쳤는지를 확인해보려고 했습니다. 하지만 생각보다 몸이 잘 움직이지 않았습니다. 온몸이 붕대로 칭칭 감겨 있었고 목소리도 쉬어 문장은커녕 간단한 단어들을 내뱉는 일조차 힘겨웠습니다. 저는 입으로 꺼내기 어려운 단어들을 눈빛으로 바꾸어 귀자 씨에게 질문했습니다.

너 안 죽어. 못 죽어. 내가 지켜줬거든. 너 지키느라 힘을 다 써서 당분간은 잡귀처럼 살아야 하지만 너는 한 달 있으면 다 나을 거야.

"죄송합니다, 귀자 씨…."

야. 〈츠키노우타〉가 그렇게 별로였다는 게 충격이긴 충격이었는지 너 기절한 사이에 넷플릭스에서 바로 후속 시리즈 발표했어. 다음 작품은 〈호시노우타〉래.

"아…."

그거는 보고 가야지.

귀자 씨께서는 퉁명스럽게 말을 마치고는 매서운 눈빛으로 저를 노려보셨습니다. 저는 죄송한 마음에 무릎이라도 꿇고 싶었지만 어디 몸이 움직이지도 않으니 그럴 계제가 못 되었습니다.

제가 우물쭈물 아무런 말도 하지 못하니, 귀자 씨께서는 제가 누워 있는 침상을 발로 한 번 걷어차셨습니다.

너 죽으면 내 밥은 누가 하는데? 내 냉장고 청소는 누가 하고? 넷플릭스, 왓챠, 디즈니플러스, 티빙, 웨이브, 아마존 프라임, 쿠팡 플레이, 애플 TV, 라프텔 구독료는 누가 내고?

변명의 여지가 없는 일이었습니다. 귀자 씨께서는

저승으로 떠나지 않으면서 저와 함께 지내주셨지만, 저는 너무나도 간단히 모든 것을 다 포기하려고 했으니까요. 저는 고개를 숙인 채 아무런 말 없이 귀자 씨의 질책이 이어지기를 기다렸습니다. 하지만 귀자 씨께서는 여간 화가 난 것이 아닌지, 꾸짖음을 멈추지 않으셨습니다.

"다음부터는 절대로 이런 위험한 일은 하지 않겠습니다."

뭐라는 거야? 내가 언제 위험한 일을 하지 말라고 했어? 생각을 하고 움직이란 말이잖아, 생각을 하고. 소방관들이 불길에 갇힌 너까지 구하느라 얼마나 고생했는지 알아? 원장이 네가 끼어드는 바람에 더 아이들을 신경 쓰지 않고 내버려둔 건 알아? 전문가들이 어련히 알아서 하게 두었으면 다 풀렸을 일에 왜 네가 끼어들어서 이 사달을 내느냔 말이야, 왜 네 죽음의 원인이 내가 아니어야 하느냐는 말이야!

"주의하겠습니다."

귀자 씨께서는 울분이 가시지 않으셨는지, 그 위압적인 눈으로 제 두 눈동자를 똑바로 노려보며 이렇게 명령하셨습니다.

아이는 구해. 그런 다음에 나한테 돌아와.

"네. 그렇게 하겠습니다."

나랑 함께 있어.

"네."

다음으로는 저의 머리맡에 털썩 앉아 으르렁거리는 소리와 함께 이까지 드러내 보이셨습니다. 저의 실수에 독박을 쓰고 이 모든 것을 수습해야 한다는 책임감에 화를 참기 어려우신 모양이었습니다. 저는 두려움에 그만 꼼짝도 못 하고서 몇 번이고 고개를 조아릴 뿐이었습니다.

기쁠 때나 슬플 때나.

"네."

아플 때나 건강할 때나.

"그렇게 하겠습니다."

귀자 씨께서는 아무리 화를 내어도 분이 삭혀지지 않은 나머지 그만 허탈한 표정을 지으셨습니다. 그러고는 공허한 눈빛 속에서 저를 내려다보며 마지막으로 당부하셨습니다.

검은 머리 파뿌리 될 때까지.

"네."

알겠어?

"알겠습니다."

〈냉장고와 넷플릭스〉

〈냉장고와 넷플릭스〉는 15년부터 시작된 고민을 담은 시리즈입니다. 제목부터 알 수 있듯이 〈냉장고와 넷플릭스〉는 '냉장고에 갇힌 여성'으로 일컬어지는 미디어 속 여성 인물의 소비방식에 대한 반성적 접근과 넷플릭스라고 하는 글로벌 OTT 서비스의 도입에 따른 트랜드 변화에 주목한 작품이었습니다. 그렇기에 〈냉장고와 넷플릭스〉 시리즈는 호러 장르에 속하는 동시에 그 장르 관습을 의식적으로 우회하는 장면이 반복되어 등장합니다.

저의 고민이란 결국 '소수자로서의 정체성이 희박한 나 자신이 지금 시대에 어떤 이야기를 해야 할 것인가? 이야기를 하는 것이 의미가 있기는 한가?'였습니다. 그런 점에서 이 작품의 주인공은 인동일 수밖에 없었습니다. 귀자는 창작물 속의 귀신 캐릭터가 으레 그러하듯 작가의 초자아에 가깝습니다. 그리고 저의 초자아는 제가 좋아하는 작품의 등장인물들과 SNS 타임라인의 영향 하에 있고요.

인동은 주인공이지만 사건에 적극적으로 개입하지 않는 인물입니다. 아니, 그가 방관해야만 갈등이 해결됩니다. 일반적인 이야기라면 인동은 연쇄살인사건의 가해자를 쫓아 활극을 펼쳤을 것입니다. 하지만 이 작품에서 인동은 그저 귀자와 함께 넷플릭스를 볼 뿐입니다.

인동은 귀자를 기다리고 귀자의 이야기에 귀를 기울이고 귀자가 시키는 대로 움직입니다. 대부분의 이야기에서는 주인공이 이렇게 수동적이면 이야기가 굴러가지 않지만, 〈냉장고와 넷플릭스〉에서만큼은 도리어 주인공이 멈춰야만 결과가 달성되도록 배치했습니다. 어떤 의미에서 이 멈춤은 이제까지 너무 많은 것을 해왔고 또 독점했던 사람에게는 가장 능동적인 선택이기도 합니다.

〈에어 강아지의 보호자〉

작품에 등장한 강아지 똘이는 아내가 저와 결혼하기 전까지 함께 지냈던 강아지입니다. 귀엽고 착하고 사랑스러운 강아지였지요. 안타깝게도 이 친구는 저희가 결혼하기 전에 세상을 떠나버렸고, 저는 슬퍼하는 아내를 위로하기 위해 이 글을 썼습니다.

에어 강아지와의 산책은 실제로 제가 정서적으로 궁지에 몰렸을 때 하는 일이기도 했습니다. 이매지너리 프렌즈의 강아지 판이라고나 할까요? 저의 에어 강아지는 노이라는 이름의 골든 리트리버였고 침을 많이 흘리며 밝은 성격에 옆의 사람과 보조를 맞춰 걷는 것을 잘하는 친구였습니다. 노이에게는 미안한 일이지만 요즘에는 이런 상상 산책을 잘 하진 않습니다. 정서적으로 궁지에 몰릴 때가 없기 때문은 아니고, 코코와 청이라는 고양이들과 놀아주느라 바쁘기 때문입니다. (그리고 이 고양이들은 저를 정서적으로 궁지에 몰아가는데 있어 탁월한 재능을 갖고 있습니다.)

이 이야기는 천국과 강아지가 나오는 인터넷 밈에 대한 반발심에 의해 시작된 글이기도 합니다. '천국의 문 앞에는 강아지들이 주인을 기다리고 있다'라니. 이 얼마나 바보 같은 헛소리인가요? 논리적으로 강아지들은 천국의 문 앞에 있을 수 없습니다. 작중에서 밝혀놓았듯 강아지들이 있는 장소가 천국이기 때문입니다. 때문에 이 이야기에서는 인동만큼이나 귀자도 활동적이지 않습니다. 그저 강아지가 돌아오기를 기다릴 뿐이지요.

〈저주받은 리얼돌〉

건드려버렸다. 금기의 소재, 섹스로이드. 질색할 수밖에 없는 소재고 질색할 수밖에 없는 결말을 만들었습니다. 귀자의 입을 통해서도 말했지만, 이 일을 해결하는 주체가 귀자가 되었다면 작품의 전개는 좀 더 이 소재에 있어 정석적인 전개로 흘러갔을 것입니다. 그리고 그런 방향성이 보다 더 강한 전복성을 갖고 있었겠지요.

하지만 저는 제가 그 전복성의 주체가 되는 것은 불가능한 일이며 그 시도부터가 기만적인 일이라고 판단했습니다. 무엇보다 그 방향으로는 이미 저보다 훨씬 더 이 소재를 잘 다루실 작가님들이 멋진 작품들을 많이 발표해주신 뒤이기도 했고 말입니다.

이번에도 인동은 문제를 해결하기 위해 무언가 주도적인 액션을 취하지는 않습니다. 그저 그로써 상황을 대면했을 뿐이었습니다. 다행히 이 이야기 안에서는 어떻게 갈등이 봉합되기는 했습니다만, 당연히 이는 근본적인 문제제기도, 해결도 될 수 없는 결과였습니다. 때문에 귀자는 (여담으로 저의 아내도) 이 결말에는 팔짱을 낀 채 콧방귀를 뀔 뿐이었지요. 그러니 후기도 이쯤에서 끊도록 하겠습니다.

〈유치원을 나온 사나이〉

〈냉장고와 넷플릭스〉의 마지막 에피소드는 악령에 홀린 아이들의 이야기가 되었습니다. 계속해서 호러 장르의 관습을 의식적으로 우회했던, 또 주인공인 인동이 수동적으로 행동하도록 강제했던 이 시리즈지만 〈유치원을 나온 사나이〉에서만큼은 인동은 다른 사람이나 귀신의 이야기를 듣지 않고서 아이들을 향해 달려갑니다. 왜냐하면 아무리 무모하고 바보 같더라도 아이들을 구해야 한다는 것은 그 무엇보다도 가장 먼저 우선하는 원칙이기 때문입니다. 언제나 다른 누군가를 보조할 뿐인 인동이지만 이 문제에서만큼은 그가 수동적으로 움직이게 할 수 없었습니다. 아이들의 위험에 있어서 침묵은 선택지가 아닙니다.

〈유치원을 나온 사나이〉는 여러 번 제목을 바꾼 작품이었습니다. 가장 먼저 정한 가제는 〈악의는 사랑을 먹고 자란다〉였습니다만 악의와 아기를 섞는 실없는 말장난은 〈악의와 공포의 용은 익히 아는 자여라〉에서 이미 한 바 있으니 〈유치원에 간 사나이〉를 패러디해서 〈유치원을 그만둔 사나이〉로 하자고 결정했다가, 마지막으로는 〈유치원을 그만둔 사나이〉는 원장과 장미 선생만을 가리키니, 인동까지 포함시키고자 〈유치원을 그만둔 사나이〉에서 〈유치원을 나온 사나이〉로 조정했습니다. 이 세 인물 다 각자 자기만의 방식으로 유치원을 나왔으니까요.

결말에서 결국 귀자와 인동은 이제까지보다 강한 계약 관계에 묶이게 됩니다. 귀자로서는 인동을 구할 때부터 마지막까지 아주 손해가 막심한 결정만 내린 셈입니다. 인동은 귀자가 얼마나 큰 희생을 결심한 것인지는 아직 이해조차 못했고요. 어쩌면 죽을 때까지 이해하지 못할 수도 있지요. 그나마 귀자에게 위안이 될 사실은 인동이 이해는 못해도 하란대로 할 사람이라는 것 정도겠습니다. 아마 이제까지 제가 쓴 소설

중에 가장 비극적인 결말이 아닐까도 싶습니다만, 귀자는 강하니까 괜찮을 거예요.

이 결말은 조금 충동적인 결과이기도 합니다. 〈냉장고와 넷플릭스〉는 원래 여덟 개의 에피소드로 계획된 작품이었습니다. 하지만 언제 이 원고가 다 나올지는 저도 가늠하기 어려운 상황인지라 우선 앞의 네 편으로 끊기로 했고, 때문에 중간점답게 무언가 방점이 찍힐 결말을 고민하다보니 인물들에게 예상하지 못했던 결말을 주게 되었거든요. 이제 와 생각해보면 필연적인 엔딩이었다고는 생각합니다.

언젠가 쓰게 될 〈냉장고와 넷플릭스〉의 남은 네 에피소드는 각각 〈미드소마〉, 〈서스페리아〉, 〈고지라〉 그리고 〈할로윈〉을 레퍼런스로 삼지 않을까 합니다. 일단 써봐야 알겠지만요. 다음에도 이 시리즈로 인사드릴 수 있으면 좋겠네요. 읽어주셔서 감사합니다.

냉장고와 넷플릭스

초판 1쇄 발행 2023년 8월 30일

지은이 홍지운
펴낸이 나성채
디자인 김선예, 이수정
마케팅 박동준

발행처 오러 orror
등록 2023년 4월 26일(제2023-000003호)
주소 32134 충청남도 태안군
　　　　　태안읍 원이로 302, 204동 205호
전화 02.324.3945-6 **팩스** 02.324.3947
이메일 orrorpub@gmail.com

ISBN 979.11.983254.1.9 04810
　　　　　979.11.983254.0.2 04810(세트)